U0093606

生命有時盡，
人生往往是一段曲曲折折的旅程

林偉淑 主編

淡江大學出版中心

CONTENTS

目次 CONTENTS

迷途

極短篇

散文

CONTENTS

新詩

風華絕代‧五虎崗

林偉淑（淡江大學中文系助理教授）

今年是淡江大學五虎崗文學獎第三十屆。三十年，足以讓稚嫩的少年茁壯；三十年，意味著一個世代，世代與世代之間，是傳承也是交替；三十年也足以成爲一個人生命中最精彩絕美的流光歲月。爲了歡慶五虎崗文學獎三十歲生日，我們爲它辦一場文學的盛宴。

這一屆的五虎崗文學獎，除了文學獎的徵選之外，還舉辦了系列活動：多場演講、行動詩以及四場寫作坊。我們延請了作家愛亞、閻鴻亞、吳鈞堯、徐譽誠，分別在散文、新詩、極短篇、小說的寫作坊中擔任講座教師，親自指導同學們寫作。閻鴻亞老師還擔任駐系作家，帶領同學進行「行動詩」活動，讓詩走出書本，走入生活，讓文字與我們存在的空間一起呼吸，一起跳躍。這一場文學的盛宴，使得五虎崗文學獎，不僅三十而立，還能風華絕代。

文字書寫生命，刻劃情感，或寫出了對於親情與愛情的渴求眷戀，涓漫細流，迤邐成一生的纏綿與思念：「你獨自自轉到新的國境，你忘了帶我一起走。而我怎麼旋轉，這輩子也無法轉到你身邊。」〈我找到了你的影子〉。

或者徒留思念：「在灰燼裡勾勒出一道微笑的橋墩，支撐自己日漸失調的日常」「他知道自己終究會被淹沒在時光的洪流裡，每個曾經重要的回憶與一切都已經離他而去，最後肉體會孤單寂寥的陳屍在現實世界某處逐漸腐爛。」〈繭〉。

生命裡的寂寞，有時來自於遷徙─在故鄉與異鄉之間，在原鄉與新故鄉之間，因此，進退都是難題：「個體浮移於兩個世界，遊蕩之間，又會面對什麼困境，又能否從容自在地棲身兩地？這是屬於遊子的命題。」〈兩棲〉

傷逝歲月的推移，青春的孩子是這麼地絮語著：「迷途，最終還是成了我的歸路。當赤道留住雪花，眼淚融掉細沙，你肯珍惜我嗎？歲月，你肯珍惜我嗎？」〈我想念十八歲的妳〉

生命有時盡，人生往往是一段曲曲折折的旅程，在旅途中總是對自我、對存在處境不斷地探問及反省：「新娘……不過是青春的終結，像是打著蝴蝶結的禮物，獻給家庭的祭品。」〈迷途〉。但終究盼望著有一天能展翅翱翔：

「期待哪一天能夠拾起屬於自己，撐起夢想的翅膀。」〈糖罐〉或者顯示了島嶼青年的社會關懷，在〈我知道妳也聽說〉以及〈倘若向日葵高懸如太陽〉都連結了當時的學生運動，並留下歷史的印記。

整個系列活動能圓滿完成，身為第三十屆五虎崗文學獎的指導老師，我感到幸運，也萬分感謝。首先要感謝中文系殷善培主任、黃懿禛助理、沈奕如執行小助理以及淡江大學中文系系學會的大力支持與協助，謝謝蔡易修會長、許少瑜執行長、各組組長及組員；並感謝學校提供了較充裕的經費，使得更多同學得以有親炙作家的機會；深深感謝所有參與複審、決審的校內老師及作家們；當然更要感謝所有的投稿者，以及參與各項演講活動、寫作坊、行動詩的同學—你們，使得這些時刻更加璀璨。時間會過去，青春會消逝，但文字鮮活了曾經存在的時空及人事，也溫熱了生命的記憶，生命中的許多片刻，也因此在書寫中走出迷途，成為永恆。

PART 01

迷途

林念慈（中文碩士班文學組四）

連月光也沒有，只有家園那清甜撲鼻的橘子花香指引著小男孩。他狂亂的踩過每條產業道路，踢騰每一顆亂石，默如幾乎都能聽見京劇裡緊張的鑼鼓梆子，淒厲的敲打在那一條夜路上，每一棵果樹都張牙舞爪，好似山鬼要撲抓這夜歸的赤子，默如在男孩身後喊他：「小朋友，你迷路了嗎？」

小男孩停下腳步，緩緩回頭，默如友善的伸出手，又笑著說了一遍：「你迷路了嗎？你是誰的小孩？來，我帶你回家。」

小男孩緩緩的朝她走來，但童稚的臉卻快速衰老，默如驚愕的倒退，小男孩卻步步逼近，直到她慌亂的倒在地上，退無可退，那張變形的臉瞬間壓下來，緊貼著她的臉，然後，惡狠狠的、咬牙切齒的迸出：「無路用啦！讀冊讀彼呢高，攏沒效果啦！不知影變巧！」

默如嚇出一身冷汗，在自己的床上，窗外的陽光隔著窗簾滲透入屋，默如這才想起今天是週末，不用到學校去面對那班可惡的寶貝蛋。她癱軟在床上，想起那張猙獰的臉，那個恐怖的小孩，還有在緊要關頭說出的那一句，父親的口頭禪。

原來是父親，默如疲倦的想著。

又想起去年夏天，老家供奉的媽祖娘娘聖誕千秋，所有親戚圍聚一堂。當天午後，「天妃娘娘」會附在三叔的乩身上，爲家族裡的人排憂解難；默如看著三叔拿著桃木劍和七星刀猛揮，在院子裡亂竄，心底很是惶恐，一直想著刀劍無眼。

「秋樹的這個查某仔甲我有緣，前世人伊就在本妃的身軀邊修行，所以勸妳一句話，心結要開。」默如看著粗獷的三叔叔滿頭大汗，又作嬌嬈態，不敢造次，「娘娘」顯然很滿意，繼續往下開示：「總共一句，心結開，妳的姻緣就通。」

默如的父親此刻正忙著翻譯天妃娘娘的「天語」，奶奶更是畢恭畢敬的表示默如定會「痛改前非」，此刻忽然聽得一聲長嘯，三叔往後一倒，四叔大喊「娘娘退駕」之後便俐落的接住三叔，大伯父含了許久的米酒總算派上用場，噴了三叔一頭一臉，而家中女眷有些忌妒，在一旁私語起來，都說娘娘太偏愛默如了。

媽祖俗名恰爲林默，這樣一來，倒也不算默如「攀親帶故」了，可是她想起那海邊的女兒，提著無望的燈，和汪洋爭自己的父親，最後孤獨的倒下，成一座海上燈塔，這樣偉大的故事，無論如何不能讓凡俗的默如喜悅起來。至於「心結」的內容是什麼呢？天妃娘娘說：「那就只有妳自己才知影囉。」

默如煩惱的搓了搓一頭亂髮，打開房門，就看見父親呆坐在沙發上，好像天黑天光都與他無涉，眞難把那個小男孩和父親聯想在一起。

父親的眼裡有著熊熊的火光，默如看見的。在早晨八點交班以後，父親還輕快的吹著口哨，打算回家先洗個熱水澡再補眠，就在步出廠房的那一刻，廠房內部忽然發出爆炸的巨大聲響，他回過頭，怔怔的佇立著，看著火舌和黑煙兇猛的在廠房內外竄逃，並不是害怕和慌張，至少，一開始並不害怕和慌張，只是整個人放空了，彷彿那場火是燒在電視新聞上，而不是近在咫尺。

默如後來在新聞裡看見父親和幾個同事，被大批記者包圍著，向來肥壯的父親忽然變得很小，同事們正慷慨激昂的表達看法，然而父親只是念念有詞，默如試圖從螢幕上解讀父親的唇語，然而，默如從來就不懂父親，也不被父親眞正理解。

像一場失敗的默劇那樣。

默如的父親此刻面無表情，看著陽台上的花草，而母親正圍著他叨念，像游擊隊背著一串子彈在發射，然而默如的父親還是充耳不聞，他甚至閉上了眼睛，想來個眼不見爲淨。

「我看喔，妳爸這樣不行，自從失業以後就怪怪的，人都沒精神了。」默如的母親拉著她到房裡去商量：「我在想，下個月就放暑假了，妳跟我們回南部一趟，趁這個機會，回去把老宅整理整理，讓妳爸有個事做，人有寄託，比較不會胡思亂想。」

「老爸是在煩惱錢的事情嗎？」默如壓低了聲音：「老弟明年就畢業了，我跟哥的工作都還算穩定，叫他不要煩惱。」

「妳爸喔，好好的日子不會過啦。」默如的母親搖搖頭，一邊交代她：「打電話叫你哥請兩天假，整理房子總要搬搬東西什麼的，派得上用場。」

＊＊＊

父親和三叔叔揮動著鐮刀，除去擋道的雜草，默如看見一棟老宅子滿臉風霜的坐落著，老哥和小弟人高馬大，卻顯得有些大而無用，除不了多少草，虎口已經被鐮刀柄磨破了。

默如的爺爺早就過世，奶奶也搬去和三叔三嬸一起住了，這裡早已荒廢，記憶也是。就像默如對爺爺一點印象也沒有，許多年來，爺爺始終只是灰淡牆面上的一張照片，雖始終不老的佔據了一方，但早逝仍使他的表情略帶驚愕。一切都進行中，大家忙著爲他展延姓氏和血脈，他自己卻結束了，只能啞口無言的貼著那堵牆，成爲生活的背景，直至淡出。

聽說父親八歲那年被送養，夜半翻過好幾個山頭才逃回來，爺爺一開門，又把父親打了一頓，默如看著艷陽下的父親，不相信他有這樣無助的時刻，即便此刻他的王國都崩毀了，她還是清楚地看見父親的不屑，對她。

南方的日頭眞毒辣，默如想打傘，又怕父親吼她，只好作罷。她順著父親所開之道，小心翼翼的前進，然而有些暈眩，父親回頭看見，有些不悅，他順手又砍下一把雜草，眼睛看都不看默如：「沒效果啦！愛哭擱愛跟路，讀冊人攏讀到天頂去，做一點代誌都死死昏昏去，去坐欸啦，妳哪昏去喔，我加麻煩啦！」

默如坐在樹蔭下，微微的喘，一方面也是生父親的氣，一點面子也不給，她喝了口水，故意把嘴巴鼓起來，讓自己像隻河豚那樣，在台北搭電梯時她總這樣對著鏡子扮鬼臉，電梯一開，她又是同事、學生口中的「林老師」。

恁老師勒，她想起頑皮的男學生總背著她這樣喊。

「恁老爸對妳還不錯，我阿爸攏拿鋤頭給我打，甲我打到死死昏昏去。」

默如一口水差點噴出來，她看見那個夢裡的小男孩，赤著腳，穿著白色吊肩背心和小短褲，和一頭天生的自然捲髮，一派自然的坐在她旁邊；默如緊張的看著遠方，老爸仍然在揮刀除草，母親和老哥、小弟跟在後面搬點小雜物，一旁的橘子樹開滿了細碎的小白花，香氣在高溫下蒸騰開來，一切如常，只有旁邊這個小子不對勁。

或者是中暑了，默如下了結論。

「妳也是來看新娘的嗎？」那小子繼續發話，興致還很高：「我跟妳說，今仔日有很多人客喔，有青山來的，有水上來的，還擱有白河那頭的親戚，我阿母很歡喜，說按呢才有面子！」

「你是林秋樹對不對？」默如壓低著聲音，一邊注意著父母的動靜。

「對啦，我叫阿樹仔。」他站起來，一邊抓著頭，好像有幾天沒洗了，然而仍不減他的興致。阿樹指著老宅，興高采烈的說：「全庄頭攏有來欸，有夠鬧熱，妳看，五十幾桌，有一半攏是老芋仔。」

默如眞不敢相信，自己竟然和幻覺對起話來，她順著阿樹的手指看過去，是方才走過的那片荒煙蔓草，然此刻竟然人山人海，而父親早已放下鐮刀，甚至還戴著白手套，身穿漿挺的藍色西裝，領上別著一朵禮花，正對著一桌外省伯伯敬酒，默如站起來，和年輕的父親對上視線，他靦腆的笑了笑，在遠方對默如舉杯致意。

「我不甲意老芋頭，我阿爸把我送給老孫，伊講我沒效，所有兄弟就是我最沒效。」阿樹忽然垂下頭，表情很憂傷，厚嘟嘟的嘴唇也捲了起來，就要落淚的樣子：「其實我很會做事頭，我也很打拚，但是就是顧人怨。」

默如不知該說些什麼，只覺得跟著他憂傷起來，所幸阿樹不是那種掃興的人，太陽很大，他的憂傷很快就晾乾了，一會兒他又把眼淚丟在腦後，忙拉著默如：「走，咱去看新娘。」

「新娘有什麼好看的？不過是青春的終結，像是打著蝴蝶結的禮物，獻給家庭的祭品。」這段話默如沒說出來，怕掃了阿樹的興致，但阿樹彷彿感受到她的不以爲然，連忙補述：「妳不知影啦，這是全庄最水的新娘，上次博士博娶那個有夠歹看，臉紅吱吱，人攏講像猴三。」

「好缺德喔你。」話雖如此，默如還是笑了起來。

他們躡著手腳，慢慢接近老宅的其中一扇小窗，阿樹掂著腳看進窗縫，癡癡的笑起來：「沒騙妳喔！這個新娘從都市來的，都踩三吋半的高跟鞋，妳看伊的新娘衫，就知影不同，全新的，一領就愛八千多塊，博士博娶那個猴三，新娘衫才花兩千塊。」

「你又知道不一樣了。」默如對新娘向來沒有什麼好感，但是面對自己的母親，當然難免好奇，她把阿樹擠開，也從窗縫看進去，床沿上的新娘仍舊是個新娘，除了漂亮，倒也看不出什麼所以然，但那一緊張就歪嘴的動作，完全就是母親的正字標記。

「是誰？」母親發現了他們，走過來開窗，阿樹一溜煙的跑掉了，默如趕快蹲下，在牆角下縮成一團，心裡暗恨阿樹沒有義氣。

「妳在幹嘛？頭不暈啦？頭不暈就趕快來幫忙。」

默如抬起頭，嬌羞的新娘已成老娘，果然，婚姻是一條不歸路，默如更堅定的這樣想著。

＊＊＊

默如也常迷路。

迷途

說眞的，在台北誰不迷路？而女人如果不迷路，全天下的男子都只好孤獨終身。情人每次聽到默如的論述就笑起來，又是欣賞又是莫可奈何的：「誰說得過妳那張嘴巴？」

默如總是撒嬌的偎上去：「我告訴你，嘴巴是値得投資的，你看你吃多少，都不會有半點流失，全部反應在身材上，所以說，嘴巴是世界上最可靠的器官，怎麼，你覺得我的嘴巴不漂亮呀？」

「看來我得懸賞天下名嘴來治妳！誰說妳不漂亮？誰說的？」情人溫柔的撫摸著她的頭，默如偎在他的膝蓋上，看起來就像個孩子。

有一次默如在情人的住處睡著了，醒來卻找不到門，整個屋子變成了密閉空間，她一向最讚賞的情人的品味，簡約的北歐風，頓時成爲一個密閉的荒洞。她驚慌的在屋裡亂竄，忽然從穿衣鏡裡看見情人，然而他卻年輕了二十歲左右，更荒謬的是，情人的輪椅呢？他竟然能夠佇立在那裡，以一種省視的目光，冷冷的看著她。

她不可置信的問：「你爲什麼還這麼年輕？」

情人一貫淺淺的笑，他指著鏡子：「那妳呢？」

默如這才發現，鏡子裡的自己，是十歲的模樣，她伸出手，摸著涼透的鏡面，顫抖的說：「這不對，這樣不對，這是哪裡，這不像你家。」

「是不對呀，因爲我不像妳父親了。」情人笑意更深了：「沒有妳父親的地方，妳都不覺得是個家。」

默如從鏡子裡看見情人一步一步逼近，直到她背後，她屏住呼吸想要轉身，卻被情人一把推入鏡子裡，封鎖。

她從情人的膝蓋上彈起身，一臉驚恐，情人擦著她額頭的冷汗，疼惜的說：「作惡夢了？」

默如搖搖頭，但顯然餘悸未退，她在情人的膝蓋上仔細蓋好了毯子，冰冷的鐵製輪椅忽然多了一點溫度和柔軟，默如半跪在輪椅前，沒有一絲不耐煩。

＊＊＊

經過大半天的整理，總算有個雛形出來了，默如趁拿垃圾去丟的空檔，撥了通電話給台北的情人，怕父親聽見，又是一陣晴天霹靂。

「妳哪想欲嫁乎彼隻老猴就免叫我！」默如記得父親是這樣宣布的。

「媽！媽妳快來看！」默如聽見小弟挖寶似的興奮尖叫：「天啊！鋼筆字帖欸！好古意盎然喔！民國幾年的事啊？哇！爸還寫日記勒！你看你看『親愛

的日記：今天阿爸找了媒人到香香家，香香的阿爸把媒人趕出來，說我們不見笑，他就是嫌我窮，以後我一定要當有錢人，賺很多很多的錢，給香香的阿爸知道我不是沒志氣，以後我要娶一個很賢慧很漂亮的老婆。』我的天啊！香香是誰啊？還有什麼是『不見笑』？是不是不要臉的意思啊？」

默如進屋裡去，看見母親、老哥和老弟笑成一團，手裡還傳著那本紅色絨布的日記本，鑰匙已經在歲月裡丟失了，只剩下一個損壞而孤獨的鎖頭。她接過那本舊日記，翻開春天的章節，秋樹已經變成一個年輕人，在遠房親戚開的香燭店裡當學徒，入門的前三年學製香手藝，不拿薪水，只供膳宿。十六歲的秋樹有張老實憨厚的臉，厚嘟嘟的嘴唇，親戚稱攢他，厚唇重感情啊，這款人，必定會好好幹活，不會讓人失望的。

秋樹永不能忘記的，是當伊垂著手，老老實實聽著香爸訓話的時候，穿著制服，有張可愛圓臉的香香，背著書包從店門口走進來，輕輕的喊了聲阿爸，然後進房去的畫面，有點像是在看電影，恍恍惚惚的。後來秋樹才知道，香香是香爸的大漢查某仔，比他大上一歲，是個好命的中學生，平日裡什麼也不用幫忙，就等著高中畢業，給她找戶好人家，所以香娘帶著些微的肉感，是一種富貴人家才有的豐實。

「你甘有想欲好好讀冊？」

有一次，秋樹替香媽送便當到學校去，香香接過便當，忽然這麼說。

秋樹的眼睛隨即出現某種光芒，但又迅速消失了，他想起家裡的兩個弟弟，三弟春生嘴巴最甜，也最得阿母喜歡，而小弟阿冬特別幼弱，阿母最心疼他。阿兄倒是比他多唸了兩年的書，阿爸說，阿兄是家裡的大漢後生，以後要繼承家業，本該好好栽培，雖然阿兄的頭殼，比起家裡那頭豬好不到哪裡去，可是阿爸說的一定是有道理的。

秋樹搖搖頭，說：「我家無錢乎我讀冊，要不，嘛不用來妳家學師仔。」

看出秋樹眼光裡的黯淡，香香笑著說：「只要你肯打拚，多讀一些冊，說不定以後你就會長智識，作大頭家，自己開店勒！」

「哪有可能？」秋樹提高了聲調：「這我不敢想！我也讀過冊，小學五年就沒擱讀啊，國中攏無畢業，哪有可能作頭家？我不像是妳好命囝仔，會凍讀高中大學，以後嫁一個好尪，作少奶奶。」

香香的臉一紅，半是發嗔：「誰甲你說我欲嫁尪？你再黑白講，我去找我阿爸，甲你趕趕返去！」

老實的秋樹都嚇傻了，連忙鞠躬道歉，但香香再不說話，一回頭就走了，讓伊擔心了一整晚，怕自己飯碗不保，更怕香香討厭伊，伊暗恨自己多嘴，沒事說這幹什麼？難道不知女兒心態，這下惹了香香生氣，怕是再也不會和伊說話了。

隔天，秋樹帶著忐忑不安的心情，送便當到學校去，香香倒是早等在門口了，伊正煩惱著不知怎麼道歉，香香說話了。

「這給你。」香香的手上有幾本鋼筆字帖，還有幾支鋼筆，她淡淡的接著說：「沒法度讀冊，也把字練好，我阿爸較甲意字水的人。」

秋樹一愣，香娘已經一把搶過便當，又把字帖塞到伊手裡，等伊回過神，香香早已回教室去，只剩秋樹還站在門口發楞。

校門口的大樹被風溫柔的吹拂，發出沙沙的聲響。

那個香香倒是好女孩，默如嘆了口氣，但一早看出這是個悲慘的愛情故事，長工和千金小姐，不管哪朝哪代，總是難結善果。默如聽見母親說，親戚後來把父親，不，是把秋樹趕出來了，秋樹只學會了製香環，一半的工夫，等於武功全廢，所以秋樹走進了屬於他的婚姻，不知道四十年以後，他工作的廠房起火，使他再度失去自己建立的秩序，他更不知道，他的兒女，全都有碩士以上的學歷。

但也許這些都像父親說的，這些攏沒效果，默如想，因爲無法挽回什麼，無法讓父親再變成秋樹。默如看著門外的父親，他正抱著一塊裱框的砂畫細細清理，父親心情好的時候，曾告訴默如，那是在東沙島當兵的時候，用當地獨有的白沙填入買來的圖樣，再以青春上色；七零年代的純情，留下一幅「龍鳳呈祥」，三十年來，飛不出那個俗氣的框架。

默如牽著阿樹，抬頭看著那懸在樑上的大香環層層旋繞，直通天聽而煙霧瀰漫，把老宅的屋頂燻成一片漆黑，像那個沒有星星的夜晚，也如一個永遠走不出去的迷宮，沒完沒了的環繞著。

徒勞

吳世傑（中文一B）

電腦教室裡有著一種嗡嗡聲，每個人的電腦螢幕上閃爍昨日或更早之前的資訊，每個人都要著魔似地專心在瀏覽已經發生過的事。我打開我的電腦螢幕，一樣開啓首頁，看像塔一樣推疊起來的訊息，太龐然太荒謬，像是那剛上完漆的靈骨塔，金漆頂蓋下住著好多好多過去的人，注視太久就有一種被輪暴的感覺，在一個不起眼的角落有一則短新聞向我看來

「一名越南籍行蹤不明女外勞阿水，跟一名國人阿鍾同居生下女兒，如今女兒已年約八歲，沒有身份、也沒有上學。近一年來跟男友三人，以男友祖先墳墓為家。」

我在想當初她也是因爲想要過好生活才離開家鄉遠赴臺灣，怎知更坎坷的命不因地點有所改變，因爲他沒讀過武俠小說，也就不認識過著在古墓裡清幽歲月的小龍女，而現實生活在墳墓當然是格格不入。我覺得太沉重，趕緊把畫

面切換，但那在古墓裡一家三口的像舊式合照的僵化的笑容就一直在我腦海中揮之不去。

在我正要趴下歇息時，後面的人點了我的肩，傳來一張紙條，上面寫著「你昨天去哪了?」沒有屬名，但我知道是誰。

我才開始回想昨天我在哪裡，做了什麼事。

山路上零散著小攤販，發財車上掛著簡易招牌，粗糙厚紙板上用血紅大字寫著「自產自售」四字，好像寫時沾了過多顏料，而從字的軌道脫離向下爬，歪歪斜斜地想要認眞卻越來越滑稽地遺留下。我在往承天寺的路上，行人稀疏，高大的樹張牙舞爪，想起小時候的傳說，據說山裡住的魔神仔，會把迷路的人帶進森林中，過程中會餵食人各種動物糞便混雜泥土落葉，若那個人平生不做惡事，就有機會平安歸來，其餘者將喪命於山中，我開始害怕起來。恍恍惚惚覺得在某一個轉角進入另一個空間。

一進入廟的圍牆裡，心裡就踏實許多，神的庇佑下有人敢輕舉妄動?腳下踩著深灰色的石板拼成的路，好乾淨像是剛洗刷過，黃銅香爐通體金色，因爲太亮到可以映出我的臉來。香爐裡插著數剛點燃的香，據說線香所燃出的煙向上升騰，一直向上就能抵達天庭，神明還就眞的交頭接耳認眞地討論起人家的大小事，香爐還眞是滿足人的各種願望。

我一回頭，正遙對扶坐在寺裡的大佛，祂在盯著我，我感受到羚羊被虎豹鎖定的毛骨悚然，一種全然都被理解通透感，在祂面情毫不能掩蓋我自己，我戰戰兢兢向寺側寄放鞋子包包的白鐵架走去，放下背包往寺內走去。

迷途

1

供奉著三尊大佛的空間一點也不顯擁擠，反而有奇異的空曠感，我想在世上能做這樣挑高設計的也只能是別墅和寺廟了。黃銅身大佛身披袈裟，雙手結禪定印，靜靜地結跏趺坐著，佛的眼神看來好慈祥也好猙獰，一如我自唐卡上看見的那些菩薩，周身環繞著豬肝色火焰，雙目圓瞪，姿勢多半怪異，或扭頭或折手，看祂們好認眞到接近嚴肅地擺著各式各樣只有在瑜珈中才會有的古怪姿勢，好像在炫耀著祂們的筋骨有多柔軟，祂們更適合地獄裡的陰森，但祂們其實是救苦救難的另一種表象的菩薩。

我逕自走到蒲團坐下，一直想要虔誠融入這樣宗教聖地給的靜謐又壓迫的氛圍裡，但始終沒辦法打破結界進入，一如我常常認眞地想加入別人的遊戲卻始終不能，而且還一直弄不清楚是別人拒絕了我，還是我拒絕了別人。

我勉強把心靜下來，可以看清楚周圍的一切，除了三尊大佛之外，什麼都沒有，沒有裊裊盤旋升起的煙，沒有俗氣十足金光四射的爐，沒有鮮花素果，甚至連灰塵都沒有，有的是一張長長的供桌，供桌墊著鵝黃色緞面布，是辦喪事那種，我就看過整個搭棚起來的靈堂用這樣的布掩蓋鐵架和藍白塑膠布，好華美但也好陰森，在那種場合往往還要有一個老法師拿著麥克風大聲廣播似地誦經，我其實一直想問爲甚麼要讓附近的人都聽到，但還是沒敢問，反而是每次看到人家辦喪事，我必是低頭趕緊離開，怕被煞到，但什麼是煞到我也不曾明白，我只是記得小時候媽媽總是叫我眼睛閉閉，牽起我的手帶我往前走，唯恐有人會追上來一般。

陽光射不進寺裡，好像這寺從一開始就被遺忘，獨自在另一空間裡被建立起，我才意會到嘈雜的人聲竟傳不進來，我驚異這古怪的寂靜，遂往寺外看去，發現簷上正流下沙瀑，更外面光光亮亮，什麼也看不清了，流動沙瀑雖不停落下，但是一粒沙也不肯掉進寺裡來，唰唰聲極細微，沙子閃爍翻轉著像極了小時候可以兩頭倒立的沙漏裡的細沙，永遠急著向另一空間湧去。在這只有我的被沙隔絕起的孤立空間中，我連死前的絕叫都會被消音，佛依然半閉著雙目，我覺得有很多人很多雙眼睛注視著我，我就像貼在男用小便斗底部用來讓人有意無意瞄準後注射的假蒼蠅貼紙，動彈不得還眼睜睜看自己被蠶食鯨吞，我掙扎著往大佛走去，我第一次這麼接近佛像，突然有個怪異的想法，偌大的金身中能容納多少人，會不會我剛剛感受到的目光都躲藏在金身裡，一如我曾在新聞上看見，在南部某純樸小鎮裡的一座新廟的神明開光開光儀式，儀式中有一樣就是將活文鳥塞進神像背後預先挖好的小洞裡，據說能神威加倍，而文鳥終於會在木頭神像裡腐爛蛆食，在暗無天日的神的權威下死亡。

2

我能清楚聽見蚊類的嗡嗡聲在我的耳邊無限放大，每一次拍動翅膀都好迅速猛烈，群蚊充滿敵意在我周圍盤旋，簡直想置我於死地，或者其實佛殿內就是修羅場，而蒼蠅蚊蟲是爲了我逐漸腐化的肉身而來，或者我一開始就會錯意了。

鐘聲響起我才意會到桌上又傳來一張摺疊得很小，表面都揉得起毛球的紙條。是魚寫給我的，我把它打開，上面躺著幾個輕巧細長的字，「你騙人，我昨天放學去你家，你媽說你發高燒躺了一整天。」

後來，老師神秘兮兮地把我叫了過去，我以爲是要說三月申請入學的事，

沒想他對我說

「小草，你媽媽剛打電話來，叫你東西收一收，他中午過來載你，你爸爸走了。」

「走去哪了？」

「你爸爸往生了。」他有點莫名奇妙地看了我一眼，又鄭重其事地推了推他黑膠厚鏡框。

從這裡開始，我的記憶像是被老師拿了一罐噴灑式記憶消除罐，噗滋一聲地消除掉記憶，我後來回想，就再也想不起我是怎麼離開台北的了，醒來的時候正是在台中的爸爸的家門外，媽媽按著我的肩，大伯父要我跪下來，得用爬地進去。

水泥地並不怎麼割腳，只是起身的時候有一些刺痛，低頭看去才發現膝蓋磨破皮，傷口被灰塵和血弄得灰灰髒髒的，我坐在一旁的白楊木椅上，媽媽替我清理傷口時，我才開始打量四周。這幢別墅，我是有印象的，約莫12歲以前我都住在這兒，那是一幢華麗的別墅，有著圓錐屋頂的望樓，門面是由兩根巨大的圓柱撐著，像《西遊記》中孫悟空借走的放大後的定海神針，就那樣氣勢磅礴地矗立在門前，窗櫺旁爬滿花紋石雕，還有著占地數百坪的庭院，界線種滿一叢一叢的龍柏包圍起整個家，每一叢龍柏都像是剛經過修剪一般，精神抖擻地挺立在地上，庭院裡飼養著亞達伯拉象龜，那是爸爸最喜歡的品種，通體黑色，食量極大，走路緩慢像是永遠在逃離中只是被定格緩放。更早以前還有鯉魚池，小時候我曾掉進去過。

那是在盛夏令人昏昏欲睡的午後，爸爸和客人在客廳裡泡茶，而我一個爲了打發暑假的小孩好奇地四處找樂子，想要把魚撈起來的我，拚命地把手往下打撈，就一直沒有魚肯讓我抱一抱，反而是都無關緊要地優游著，起身後的一個暈眩裡便往池裡栽了下去，水被我弄了個污濁不堪，所有汙泥都被掀動起，鯉魚們游近我，瞠目瞪著我，極像人一樣的眼珠但就一直不眨眼，空洞又奪魄地注視著我，後來那座妖異的鯉魚池就被填掉了。

3

爸爸還玩賽鴿，我還記得爸爸請了一個大叔替他看顧鴿子，我常常去找他玩，不過阿泉從來只是坐在鴿舍旁用鐵皮搭起的簡陋小屋中，無論我怎麼吵他，他都不肯帶我進去鴿舍裡頭，他總是坐在那把塑膠包膜還沒有撕掉的人造皮椅上，頂著那張好像是一輩子都不會有出息的臉，用手揮一揮，也不把我趕出去，就一個人在那發起愣來。在游動在陽光裡的灰塵中，阿泉那顆像畸形西瓜的腦袋到底轉些什麼念頭，至今我仍沒辦法揣摩出答案。

鴿舍像放大的白方糖有兩扇百葉窗，咕咕叫的鴿子在那裡頭生活著，因爲阿泉一直沒帶我進去，我也就無從得知裡頭是個什麼樣的世界，長大後回到那兒也很少去鴿舍。後來我才知道，爸爸其實不是養鴿子去比賽，他專門綁大戶的鴿子，聽說那樣賺比較快。

爸爸對我從不多話，他總是很忙。小時候我總覺得他肩膀好寬，像挑著扁擔，而扁擔是他多出來的肩膀，我特喜歡看他穿西裝，直挺挺的像西裝就該給他穿似的，百貨公司櫥櫃裡的那些假模特兒也不及爸爸的挺拔，一直採仰視角度看他的我，到今日還是沒變過，在他面前，我總感覺自己好渺小，他總是嫌我不夠有個性，一點都不像他，印象中他很少誇讚我，而天眞的我還一直想爭取他的認同，記得我那時候因爲數學考了滿分，想去找他討賞，但一推開那扇重重的梨木門，就像上朝的官僚戰戰兢兢地有股騎虎難下的窘迫，正要向他稟報，卻見他陰沉的臉更暗了幾分，轉瞬間，水晶菸灰缸向我飛來，在我面前砸了個粉身碎骨，他一直沒說話，而我嚇得定住了，過了好久，呆若木雞的我才一步一步艱難地離開那間房間，那時候的空氣很沉很凝重，若不開口就會窒息

迷途

一般，我躲進房間裡哭了好久，之後我便盡量避免和爸爸接觸，12歲的時候，我和媽媽搬到台北，兩個人生活在對我來說很遙遠陌生的城市裡，媽媽知道爸爸在外面有女人，她是個倔強的人，她選擇毅然決然地離開，反正爸爸提供金錢還有年輕時買下的公寓，我和媽媽兩個人相依爲命，並不感覺如何孤單，反而有種被放逐的自由感。

爸爸很少談他的過去，有關爸爸的故事多半是由媽媽的轉述中得知。爸爸是永和人，年輕的時候在台北酒後爭執中誤殺了人，因爲事情做得不夠乾淨徹底，被警方掌握了底細，便連夜南下到台中尋求朋友的庇護，因爲被通緝而始終過著躲躲藏藏的日子，我在想爸爸在山區的鐵皮工寮潮濕悶熱的空氣中會不會有一點後悔。想他一個年紀輕輕就當上堂主的狠角色，曾是開著進口黑頭轎車出入於當時最貴最氣派的酒店替上頭處理事情，像在裝有彩色燈管的絢爛水族箱裡最桀傲不遜的一尾鬥魚，觸及幫會內最核心的部分，當他在一個異鄉的破爛工寮中會想些什麼，沒威士忌可喝，只能喝威士比混合椰奶，那種酸酸甜甜的滋味，非常適合他那時候滑稽可笑的處境。

4

一九八四年的一清專案幫助了他，因為被通緝已久，他沒有被抓走，反而替他那被抓去綠島管訓的老大掌管幫會，原只是想在異鄉安身立命的爸爸，搖身一變成了角頭，駕輕就熟地操弄起各種營生，花了一點錢處理過去的案子，選立法委員，經營酒店賭場，他要的可不只是簡單的生活。對於這段難以想像的遭遇，爸爸自己的描述只有：「那時候，在你阿進伯的家裡，拜了關二爺，認了主子，重新生活。」他把香插入香爐，香腳被香灰包圍吞沒，就好像他自己一樣。

現場已經搭起靈堂，架起三層塔式正堂，最高層站著三尊漆金佛像，第二層則放著爸爸的遺照，最下面則放滿雪白百合花，花瓣上爬滿粉紅色裂痕紋，它們讓空氣中瀰漫著一股淡麗清新的氣味，桌面上擺著供品香爐，所有東西都井然有序在它該在的位置，一如我也坐在我爸爸旁摺紙蓮花。我從沒如此長時間近距離仔細地端詳他，他全身都是刺青，我最記得他左手臂上的花樣，因為爸爸小時候都是用左手牽我，那是唐獅子與牡丹，我特喜歡那隻唐獅子搖頭晃腦的古怪樣，在虛張聲勢的威嚴中又自以為可愛，爸爸灰白的頭髮仍茂密，穿著黑襯衫躺在棺材裡的他，依舊冰冷得像塊冰，好像在進行一場不容打擾的睡眠。

我看著趴在棺材旁的小黑，因爲牠太兇太野，從來只聽爸爸的話，爸爸過世後，牠的下場也就預定好了。牠若無其事地守著棺材，只要有人接近，牠就會發出示威性的咕嚕聲，小黑是杜賓犬，高高瘦瘦，尾巴自小就剪短，黝黑的毛像剛長出的春草，短又堅韌，精壯的肌肉爬滿全身，骨頭突出如刀削，牠的眼神一直是驕傲而睥睨著一切，我突然感覺牠好像爸爸，爸爸他就是用這種眼神看待世界。

出殯那天，天氣格外晴朗，裡裡外外熱鬧滾滾，不知道誰請來的鋼管女郎、喪獅、高瘦的金童玉女神像，還有許多我沒見過的陣頭，一群又一群的黑衣年輕人跟著小時候見過的叔叔伯伯進來拈香。高瘦的金童玉女神像，輕薄的素衣可以看見竹架身體，行走的速度很慢，長長的手臂來回擺動，臉部妝容像是未完成，粗糙而空洞的眼瞳，心不在焉又神經兮兮，嘴角上揚幅度看起來要笑不笑。我的目光被那一樣行動不敏捷的喪獅吸引，牠們半閉著眼，欲睡貌在四處打量，一開始還有若有似無的鑼鼓聲，但隨著喪獅進入靈堂，鼓聲驟停，喪獅齊跪了下來，匍匐不動，微微地點頭，半晌後被領獅人領了出去。後來各種陣頭皆進來參拜，還有更多不知何處冒出來的人源源不絕進來弔唁，整個靈堂熱鬧滾滾，聲音此起彼落，一片黑壓壓，像一群烏鴉在慶典。

喪禮事宜都辦妥後，我便坐火車回到台北，一路上恍恍惚惚，好像身體裡有什麼東西都抽空一般，路面倒也不怎麼顛簸，只是覺得整個世界都在不規則地搖晃。

5

回到台北後，我便躲著魚，我很怕自己傷害她，我已經沒空且沒能力再為她說鉅細靡遺的童話故事，我始終覺得這種可有可無的情感聚合經不起任何異變，而我最近有許多怪異的念頭，例如我和我未來的妻子（可能是魚或其他人），我和她生下了一個智障或畸形寶寶，該怎麼面對後來的人生，又或是在某一次一起出遊時，發生車禍，而剩一個人存活下來，多少年後能夠選擇遺忘那被按下生命暫停鍵的一個曾經深愛的人，開始另一種生活。倒頭來仍要血淋淋地自己收拾碎片，一如在電影霸王別姬裡一開始營造出的堅定的愛卻親手將它敲碎，所有樓台風光都在主角的慘笑中崩塌成廢墟，一切都那麼不堪。那古老的「夫妻本是同林鳥，大難來時各自飛」只是不停地預言後來的許多人的生命過程。我就深怕親眼目睹這樣的悲劇。

五月中旬的雨總是無止盡地下，魚和我大吵了一架，蹲坐在一旁歇斯底里地碎念，我覺得煩，沒認真去聽她說什麼。後來，他開始啜泣起來，那聲音好小好細微，但我卻能一瞬間聽到，並且明白，魚哭了。我靠近魚想要給他安慰，發現魚只是一直重複著一句話：「草，這雨什麼時候才停吶」她抬起頭時，眼眶盈滿淚珠，像小時候玩的一顆顆玻璃球，那個時候電視正播放《惡童》，那個對比整座地獄般的城市，極小而微不足道的惡童站在一根極高的電線杆上，烏鴉飛過的特寫，我被吸引住，恍神了半晌，再回頭，魚哭成淚人兒，雙手將我環抱。「沒事了，沒事了。」，像安慰作惡夢的小孩般的咒語囈語。我想，這雨大概快停了。

放生

曾奕寧（中文一B）

大年初二的北市街頭，難得令人稍感喘息。整個城市有放鬆的疲憊，卻沒有放假的實感。車內的廣播忠實的放送，好像只有聽到幾首年節歌曲，或年度單曲排行時，才眞正有過年的氣氛。阿海在一陣顚簸中轉醒，迷茫的視線於空調數字上定睛。他不自覺地縮起脖子。雖然暖氣是開著的，但指頭末梢異常冰冷，他剛感受到知覺，又發現鼻頭同樣冷得發酸。柏油路不管修補幾次，都是坑坑巴巴，震得人發昏，而父母好像對此毫無感覺，兩人有一搭沒一搭地閒聊著。

他稍微側過頭，看向姊姊。姊姊裹著厚重的亮橘色羽絨，垂首打盹，安全帶束著身子，只腦袋有一下沒一下地輕敲車窗。他看著他姊，深深覺得像極了一顆籃球。

車裡的一切，被某種節奏引導著。鼻息緩和，自然依附廣播音樂，好似眞的依循既定的節拍。他覺得稍感難耐，還有些壓抑，連呼吸也覺辛苦。他試著轉移注意，任目光恣意追逐窗外景色，讓景色使他脫離纏繞整身的乏悶。

其實阿海很喜歡放空感官不思考。這樣隨意眼前事物流動，像國外紀錄片的縮時攝影，又像翻頁的連環動畫。什麼都能盡收眼底。

阿海的外婆家是連棟式建築，小棟小棟緊挨在一起，騎樓外就是大馬路，在交流道口附近。只要抬頭，便可看到市民高架道，橫亙於頂上天空。剛好在外婆家斜前方，有台測數照相機。以前，他總以爲那台照相機是裝飾用的，直到真的聽見「啪嚓」的拍照聲，和透過舊式毛玻璃看見的轉瞬的閃光，才相信那台測數器沒壞。

鄰居機車行旁，有鐵皮搭建的遮陽處，從遠處可以看到鐵皮傾靠的水泥牆上，有「青青水果室↓」的白字噴漆。原本的「冰」字被風雨捲走了部首，其他的字跡正準備以各種形式褪去。而，昔日冰果室留下的空地，有附近學生停放零星幾輛腳踏車。阿海還記得，兩年前初二發生的火災，他就是和外公待在那裡避難，其他人在離起火點更近處，看消防車滅火。

那時前陣子才動完白內障手術的外公，左眼由紗布遮著；後來不慎摔倒，右腳扭傷，必須拄拐杖。行動緩慢的外公走出家時，已經灰頭土臉。濃煙嗆得難受，手邊沒有衛生紙，外公只能猛吸著鼻水。右眼還因爲被眼屎黏著，有些睜不開。機車行老闆看外公站著辛苦，搬了張摺疊椅來，不過外公堅持要站著，直到姨丈上樓拿來外公常坐的凳子，好說歹說得要他小憩一會。後來，姊姊悄聲告訴他：外公失禁了。

火災的起火點，與外婆家有點距離，但整條街都被影響。屋內瀰漫濃濃煙味，黑塵煙灰遍布，年前打掃好的環境，眞的全「付之一炬」。商議後決定到阿海他們家過年，因爲那年阿海一家剛搬家，是鄰近商店街的住宅區。雖然鄰近馬路鬧區，晚上有噪音也是難免，但生活機能較好，他和姊姊也終於擁有各自的房間。兩人的房間也各有一扇窗，同舊家一樣有窗，卻不似舊家還能看見中庭的翠綠，有的只是水泥叢林，不過夜晚漆黑中看到他家燈火通明，如點點星河，也算是另一種風景。何況抬起頭還是能見天空。

原本新家的客房，整理了是要讓外公和外婆住下來。但外公吃完飯就嚷著要回去，尿也憋著不敢上，說是不想弄髒新穎的衛浴。阿姨勸不過他，外婆也哄不了，最後只好由阿姨和姨丈載他們回去，順便整理房子。聽說舅舅也回去幫忙了，可不知怎麼搞得，一群人打掃到最後就吵了起來、還差點打架。

嚴重到去年，阿姨賭氣沒回娘家過年。

迷途

好險戰火沒延續到今年。

阿海呆坐在客廳，看著姊姊跟在媽媽和阿姨身後，要進廚房幫忙。阿海決定要在客廳教表妹玩神魔之塔、給她浪費體力。他一想起之前看姊姊削蘋果的情形，便放棄了幫忙的念頭。

抬起感到酸澀的脖子，他揉了揉後頸，視線前方是坐在電視機前的外公。他正在看美式摔角比賽。以前外公常看政論節目，因重聽的緣故，電視的音量很是大聲，大聲得讓其他人感到刺耳，偶爾穿插幾句不滿時事的言論或髒話；現在他幾乎不看政論節目了，大多是看運動性質的節目，電視音量也不知道爲什麼，不再大聲，也不在發表任何感想，只是那樣靜靜地坐著，讓自己的存在感覺起來更單薄。

但相同的是，他依然是穿著長袖白衫，坐在離電視近的板凳上，瞇著眼、躬著身軀，神情專注。阿海坐在外公身後的沙發，可以清楚看見外公脖子上的老人斑，在幾層皺紋中來回窺探他。

他在神遊中與扭過頭回望他的外公，對上視線。外公先裂開了臉上的皺紋，問道：「你多大了？」

「十五，明、明年就要考試了。」他雖慌亂了一會，還是迅速定神回答。

外公笑著，眼角的魚尾擺動，褐色的斑點如鱗，看起來竟給人斑爛的錯覺。有時和外公聊天，會很緊張，尤其是只有他們兩人的時候。他聽不習慣山東腔，雖然外公說話還算清楚，也不太用方言，但有些話聽起來含糊，像只在喉間打轉。阿海怕萬一自己恍神沒聽到，或是沒聽懂，會讓外公傷心。

「爸，你要去廁所嗎？」姨丈和爸爸剛停好車回來，看見外公正要起身，上前要攙扶他。

「不用！」外公揮揮手，咕噥了幾句，表示自己可以走，不要人攙扶。（姨丈幾次伸手要扶他，還被他打了手）姨丈和爸爸不放心，走在外公身側，陪著他走到房間。

「外公，你是不是大便了？」終於聞到怪味的表妹，抬起頭、蹙著眉大聲地問。雖然外公走進了房間，看不到他的表情，感覺沒那麼尷尬。但坐在表妹旁邊的阿海，忽然有股想打她的衝動。

外婆聽到了表妹的話，急忙從廚房跑出來，要扶外公進廁所。

「不要、不用洗澡！我十年不洗澡了！」

「亂講，媽都有幫你擦澡不是嗎？」

「走啦！洗洗澡比較舒服啦，爸。」

「對啊！你快點，我還要炒菜！」

「啊——」

關於吵架的原因，外婆說是阿姨挑舅舅毛病。

媽媽問外公，外公說舅舅找一堆理由罵阿姨。

他和姊姊問表妹，表妹說外公罵了大家一頓。

阿海聽得模糊，搞不清楚究竟發生什麼事、又是誰的錯，但媽媽似乎是弄清楚是什麼事了。姊姊告訴他，好幾次晚上，都有聽見媽媽和阿姨在講電話。事情應該是：阿姨順口念了舅舅幾句，說舅舅太少回來；外婆袒護舅舅，罵阿姨不懂事；舅舅被阿姨這麼說中很是不高興，要出手打阿姨；外公睡覺被吵醒，要他們全滾出去別回來。

整個事件串起來像是繞口令，事情的始末阿海聽得模模糊糊，情節和內容更是亂七八糟，自己胡亂拼湊的想像比四不像更不像，他也就徹底放棄了解整件事，連推理都懶。說不準，阿海想成爲推理小說家的夢，就是因爲這件事殞落的。他很佩服姊姊和媽媽，她們居然搞得清楚這場羅生門。雖然媽媽幫忙調停還被外婆唸（但外婆還是輸了），又跟爺爺大吵了一架（掃到颱風尾的總是他、姊姊和爸爸），最後幾個人的心結總算是解開。

只有舅舅依然過著我行我素的生活。舅舅沒結婚、過著獨居的生活，卻很享受單身，媽媽說舅舅的個性活脫脫就是外公年輕時的翻版，血氣方剛、好勇鬥狠。

他忘記是聽誰說過：以前小時候有次過年，外公發酒瘋，外婆看了開始叨叨唸、翻舊帳，兩人鏗鏗鏘鏘地互摔東西，舅舅拉起縮瑟發抖的阿姨和媽媽跑了出去。眷村過年的夜晚，因爲爺爺和外婆的爭吵聲，格外寂靜，好像全村的人都屛息聆聽著他們的不幸。舅舅右手牽著媽媽、左手牽著阿姨，三個人持續的向前奔跑，刺耳的聲響只緊追不放、扯著他們的衣角，面對老舊路燈照亮的昏暗道路，他們只能不斷向前，即便他們並不清楚前方有什麼、該往哪裡去。三個人臉上都流著淚、不說話，但是卻沒停止腳步，韃韃的步伐迴盪不絕。

他覺得，至今舅舅還在奔跑著，沒有停下來。

後來呢？只記得那年三人在警局裡過年，警察的臉色很臭。

坐在客廳隱約聽得到一些對話，最後外公還是進了廁所（他還是堅持著三不：不要洗澡、不要扶我、你們不要嚕嗦）。他和爸爸負責清理外公的房間。外公走路慢，通常一有想如廁的感覺，還沒走到廁所就會先忍不住，好幾次都直接上了出來，可偏偏外公不喜歡「包大人」，覺得那很悶很難受。所以外婆就很可憐，當他們不在時，要自己一人清理滿地屎尿，不像現在還有人幫忙。

「唉，人老了就會這樣。以後就會你幫我清理了。」他和爸爸跪在地板上擦地，爸爸笑著對他說。

「放心，我會買包大人給你。」爸爸聽完他的話，只是笑了笑。

開飯時，媽媽邊當著爺爺開玩笑、要他去買彩卷，邊遞給外公碗筷。

餐桌上不外乎就是以往過年都會吃的那幾道菜。知道外公酷嗜佛跳牆裡的香菇和芋頭，所以每年都會準備一大甕，儘管其他人不愛吃。外公還沒退休、體力尚未下降時，年年都會吵著開酒喝，且不知節制。

他曾經趁大家不注意時，偷喝一口外公的五糧液，雖然完全不懂酒，但是那酒喝起來溫潤、不刺喉，只喝一口感覺脾胃都暖了起來。其他的茅臺、酒鬼酒應該也都是好酒，不然外公也不會那麼愛喝酒吧！後來醫生告誡外公戒酒，媽媽和舅舅聯合把酒藏起來（全藏在舅舅家，現在還在不在我就不知道了），結果又是大吵一架收場。

爺爺一喝酒就臉紅，喝醉就會鼻塞，發不發酒瘋則是看心情。而心情好壞通常取決於外婆囉不囉嗦。

外婆的話閘子一開就停不下來，她老愛提起往事。大部分的時候，大家都會安安靜靜地聽她說，對他來說其實就像聽故事，但是對媽媽和阿姨就不是。

媽媽總受不了外婆一直說著她也知道的事，會不耐煩地要外婆別再說了，外公則會直接說：閉嘴。

也不知道有多少次，外公和外婆吵架的原因是起於外婆翻舊事，阿姨告訴他：這就是禍從口出。

舅舅倒覺得，外婆這樣也沒什麼不好，快八十幾歲的老人記憶還那麼好，還會笑說，外婆大概不會得老年癡呆症。確實相較退休後體力下降的爺爺，外婆可說是精神奕奕，有事沒事便到鄉鎮競選總部串門子，又或著坐上公車到哪溜躂去。有次，外婆到晚餐時間都沒回家，結果驚動所有人，才知道她是和林太太逛街，逛到樂不思蜀、忘了外公還餓著肚子。

「爸不要吃那麼多，就不要舀給他啦！」阿姨幫外公舀了一碗火鍋料，外公直嚷著少一些，但外婆不知怎麼，一直要阿姨多舀一些，免得外公晚上肚子餓。

「喂！他晚上叫我起來炒米粉耶！現在他不吃多點，我晚上就要起來弄東西給他吃！」外婆笑著抗議，但看起來不是在開玩笑。她說晚上三點半多聽到外公躺在床上喊她，以爲爺爺要去廁所，怕他起來跌倒便去扶他，沒想到爺爺竟然要她去炒米粉。

「結果呢？」

「只能起來炒啊！」

「炒米粉那麼麻煩，你還起來？要是我叫他炒給我吃，他一定翻個身不理我。」媽媽指著爸爸開玩笑道，接著轉頭問：「是不是？」

「下輩子慢慢等。」爸爸擺出滑稽的表情埋首吃飯，外公看了也忍俊不禁。

「爸，你眞好命，有人替你把屎把尿，還幫你洗澡煮飯。媽，你怎麼沒和爸收看護費，你這樣多賺！」阿姨夾了一塊肉到表妹碗裡，表妹嘟著嘴不情願地吃著。外婆笑著怨嘆自己沒想到這點。

「我十年沒洗澡了。」外公認眞的看著他們，忽然說出不相干的話，反而把他們都逗笑了。

外公吃飽飯就想睡，姨丈要扶他回房間又被拒絕，只能在一旁看著他一步步柱著拐杖慢慢走回房間。阿海捧著碗，看著外公佝僂而下半身瘦弱的身軀，一抖一抖，隱於昏暗的狹小通道。

外婆輕聲地告訴他們，他們不在，外公去哪都要人扶。

飯後隨意的話題大多圍繞在往昔，而現今回想是快樂有趣的事。好像每年話題都是如此，偶爾會想起曾黯淡的事，讓大家回憶片段，拼湊起完整再鮮活的過往。

他也有些犯睏，視線不規則遊走。外婆家老舊的毛玻璃窗戶，只看見夜色和移動快速的些微亮光，外面的情況、景色，怎麼看也看不清。之前火災窗戶在衝忙之中被打破，外婆不願意把窗戶換成新式的，比較喜歡原本的毛玻璃樣子，他們也就由著她。可是阿海還是不喜歡毛玻璃，因爲不管從室內抑或外面，怎麼看也是模糊的。儘管窗外只有高架道橫亙在頭頂，但他喜歡看得見的感覺。

室內歡騰和樂的氣氛同等包裹著他，卻滲不進他的身體。依稀的記憶緩慢如慢鏡放送，他以爲已經不記得的事，又重新懸浮於腦海。

那年，外公只遠遠的看著新家客廳，隔著陽台的落地窗。

任憑陽光傾瀉，被鍍上溫度的家具，總令阿海覺得有著生命而不冰冷。他沒有問外公是不是有同樣的感覺，只是看著外公兀自凝視的側臉。

注意到他的視線，外公笑著裂開嘴，陽光同樣鋪陳在身上，白皙的皮膚有點發紅，可以清楚看見外公身上的體毛。他有點覺得外公不適合像其他老人那

迷途

樣曬太陽，轉念想想，或許正因爲這樣，外公才更加需要多出去走走。

他不太確定怎樣才是對外公最好的。

——場景時空變換到他還是幼稚園時候。

不知道因爲什麼原因，被班主任罰站。秋天的午後很涼爽，他看著滿地枯葉發楞，陽光像一隻隻小螞蟻，緩慢地朝他前進，慢慢爬到他的身上，腳踝、大腿、手臂、肩膀、全身……。就好像幾百億隻螞蟻在身上一樣，他開始覺得難受，厭倦什麼都不做只是呆呆站著。趁老師不注意，偷搬了一張椅子，想站在上面，透過窗戶看看下午大家都在做什麼。

他踮起腳尖，手指輕輕攀著窗沿，窗沿上的灰塵緩緩揚起。

教室裡的大家正吃著下午的點心開心聊天打鬧，他努力把身子挺直，他的吐息在窗上像片小雪花，不被發現。一個踉蹌就從椅子上跌了下來，吸入了大量的塵埃導致鼻子酸酸的，有點想打噴嚏……

「阿啾——」

夜涼如水。

他站在騎樓，感覺有點惚恍，有些抓不住自己的意識。一輛輛車從眼前呼嘯而過，只留車尾燈的殘光，在他眼裡緩慢放送，轉眼之間，他以爲是看見粼粼波光。「啪嚓」的聲響伴隨強光襲來，在那陣白光中，有什麼在瀲灩閃動……，他沒看清楚卻也不怎麼在意，他只感覺到自身好像在漂浮，又說不清楚。

那晚，他在夢裡見到一隻魚，原本斑斕的色彩緩慢褪色，僅能發出慘澹的微光，在黑暗無邊的洋流下，擺動的身姿輕盈卻不明顯，一晃眼，還來不及目送，就被隱匿於海潮中。

繭

陳璽安（歷史一A）

十八歲的他，在父親的葬禮上用力地放聲大笑，比著中指在父親留下的嚴肅遺照面前含淚叫囂，回敬他的養育之恩。

咪嗚的刺耳貓叫聲與老朽床腳劇烈搖晃嘎吱聲又出現在他童年裡，難以驅逐出境，懵懵懂懂地以為是窗外的那些、被荷爾蒙催化而嘶鳴的貓咪。從惡夢之中倏地驚醒時他渾身冷汗地看著自己的倒影，在無以名狀的慘白月光裡，與喘息合鳴，蒼茫的瞳孔注視著雙手，在此時一隻頑皮的母貓闖進他的回憶，靈巧叼走支配他未來能夠依靠的巨人，寂寞空洞的輕哼。

他偷偷滑下床沿，赤腳緩步走動並輕輕打開父親輕掩的門縫，將那顆巨大的眼球湊近宛如潘朵拉之盒的門縫，從模糊的剪影到銳利的清晰，深怕在裡面出現的是一隻怪獸。但當他看著一個女人褪去所有衣物趴在床鋪讓父親當馬騎，像似在玩一種不可以讓所有人知道的秘密遊戲，自她微啓的朱唇呑吐著淫熱氣息，他才恍然明白原來貓叫聲是那個阿姨的叫聲，而從此之後他再也不覺得那是貓咪的叫聲了。

他的母親在過度酒精麻痺殘存的理智後，以歇斯底里的咆哮面對著他垂下臉龐的難堪，她坐在他房間地板上不斷以他從沒聽過的話語嚴厲逼問還是孩子的他，用她那雙巨大、令人害怕的溫熱手掌用力緊捏著他褲襠裡的小雞雞，問他在看到的時候有沒有翹起來。在黑夜邊緣裡緩慢滋長的罪咎感從此開始撕咬著他，彷彿譴責著還年幼的他，當初為何當作沒有看見。但此時，他卻只是不斷想起在幼稚園時觀察蠶寶寶在蛻變時，耗盡心血而包覆自己的溫潤絲線防衛著外來刺激，而他想起時卻感到莫名安心。

他不斷掙扎著來回閃避卻在狹小空間裡進退維谷，像是令人著急使得動作逐漸粗暴的遲鈍愚昧，一尊遭受現實塵埃污染的潔白尿尿童子，從無光黯淡的灰暗眼眸裡滑落高熱的水滴，硫酸似地腐蝕他身旁所有心愛玩偶所有開心上揚的弧線，灼燒，絲線布料與永恆嘲笑解離化成一團烈焰，多麼殘忍。

他母親用力摑掌在他臉龐留下五道殷紅，發狠，使勁，用力踹打他的身體，他卻只是像受到驚嚇的馬陸般蜷曲在冰冷木造地板上。在視線裡，一片光暈與黑暗在他眼前交錯的混亂裡，他突然看到他嘴裡緩緩吐出一絲絲白潤蠶絲

迷途

包覆自己，不能透光，沒有顏色可以進入瞳孔的編織，他選擇住進自己編織的白色蟲繭裡，選擇吊掛在某處置身於死亡與睡眠之中。

貼在粉藍色柔和屋樑上的月亮與星星被摘落放在鞋跟下反覆踐踏，剩下的是漆上亮光膠的塑膠碎片，無聲散落在記憶裡某處。

在自客廳傳來的濃烈硝煙中，他被灼白燈泡刺痛著雙眼而甦醒，在一間上鎖的窄小房間裡，看著嗡嗡作響的電風扇與在半空裡搖曳的磷火，悠悠轉醒的疼痛淤血不由得讓他咬牙嘶氣，窗戶外的景緻雖然與從前他所看見的一樣，但他卻驚覺自己正被一整座蒼白冷漠的水泥樹林團團包圍，無法逃離也不會看見有人進入。聆聽著外面戰爭似的玻璃與鈍器猛力撞擊聲響，他還在顫抖的手掌根本使不上力也不能改變些什麼，他就像有些古老民族中所盛行的屈身葬，蜷曲如一隻蝦米彷彿回到母體的子宮裡，期待明天的曙光來臨之前就能夠逃離現在，血肉逐漸腐爛轉黑脫落變成，一具沒有身分也沒有記憶，細瘦的蒼冷白骨。

他們不是說，睡眠之神與死亡之神是兄弟嗎？

人，還是其他的、看來像是人的怪物，高速地與他擦肩而過從不駐足也不回首，假人模特兒的凍結表情與隨意揚起的塑膠肢體透露著器官上的嘲弄，不予理會地，擺著高傲姿態冷眼而高聲大笑著。這一方最後樂土的時鐘被他摔壞被迫永遠停駐，身上的傷痕雖然會癒合結痂，但卻依舊在回憶裡看不見的地方隱隱作痛，在每次回想起的轉瞬之間。可以替換的衣裳也因蛀蟲呑食而崩解，變成人體肌肉破裂撕開的血紅細絲，散發高熱的蒸氣。母親有時會帶回附有顯眼標籤的禮物或食品，硬闖進視網膜告訴他這些東西應有的價值，也不在乎他所想要的也不過只是一聲問候。

從童稚與叛逆的夾縫中窺視，自己曾許下的願望、自己曾夢想的家庭被一大群不知道怎麼稱呼的假人取代，父親所信仰奉承的偉大神靈讓他成爲一個通靈者，舞動陰律令旗與桃木劍叫嚷著神的聖潔名號，並騎著一個個自願赤裸且滿嘴市儈骯髒氣味的母貓們，沒有血緣關係且也無關科學的DNA排列組合（噢，那該死的，脫氧核糖核酸），孩童們在他們母親別有意圖的指使之下也以理所當然的口氣，叫他的父親，爸爸。

從那個時候開始，他便開始靠近浴室的鏡面去試著尋找，在瞪大那黑白分明的眼珠裡，藏自己也不能夠明白的莫名情緒，在無聲擴張的瞳眸裡，他自己不清楚該去搜索什麼，也不知道該留下些什麼，而稍縱即逝，悄悄碎裂消失在夜晚揚聲的奮力哭號，再也找不回來。

迷途

他努力大聲哭喊，試圖將自己心中再無法壓抑的一股衝動，排泄出早已囤積無數心結與憤恨的柔弱內心，咬緊牙關，小小的瘦弱拳頭反覆揮打著枕頭。那柔軟的輕響開始吸引著那男人高舉著藤條，猶如飛蛾撲火，帶有憤怒與作秀地向他猛力抽打，哀嚎、發洩、折磨，在客廳裡躲藏的所有污穢耳膜之中，他宛如堡壘的窄小房間裡噴染熾熱鮮紅的血，那會是革命烈士嚮往的信念，也會是死刑犯最後的絕望。

瘦小而無助的他，學會如何憤怒，學會用那男人親手教會他的所有，訴諸整個向他作對的世界。

他的母親爲了幫那個男人挽回他兒子的心，胡亂編造且冠冕堂皇的虛僞藉口老是掛在嘴角邊，他不忍讓其難堪而不願當面揭破，騙說因爲他是神靈大發慈悲親自賜予給她才得以生下的，要他學會緘默與隱忍不言，學會視若無睹的持續過著日常生活。已經生長至十二歲的他便開始怨懟自以爲是的命運，或著也只能如此怨恨，那該死的、在億萬分之一裡爲何是自己的注定。他只能在夜深的夢中，顫抖拿起老朽針線縫補爆裂外翻出脂肪皮膚的傷口，反覆思索著人之所以爲人的意義，並試著催眠自己，其實這一切並沒有關係。

那男人，或許是所有在廟宇裡出沒進出的無數小孩心中，會帶他們出去遊山玩水跑遍整座逐漸敗壞的灰冷島嶼、請他們到處去吃山珍海味與高價屍肉的父親，但早已經不是他的，那男人已經把他自己的笑容留給其他小孩了，自己就別奢望太多。他默默看著那些滿懷貪念的孩童爬上那男人大腿上開心嘻笑，那男人眞的非常高興到，彷彿早已忘記有個以血緣相互連結的渺小精蟲，卻把它當成從未存在當作死在道上，連對他喚聲兒子都沒有。

他不能哭，畢竟，那個偉大的神靈曾用父親的血肉，遏止住自己。而在眼淚倏地逆衝進腦裡，他又開始懷念童年裡，吐出蠶絲努力包裹自己靈魂，直到某一天的一瞬之間，可以掙扎而出變成一隻白蛾的蠶，縱使那種白並不是潔白，而是一種可以說是有些老舊泛黃的白。雖然有些忘記如何遺忘，但他又從記憶裡拾荒似的尋回他曾經編織過的破舊老繭，將雙手手指相互交握於微弱起伏的胸前，閉上雙眼不去思想也不願思索，想像自己早已死去成爲白骨，一如死者不爲所動的大眠。

他拾起窩藏在褲口袋裡的自動鉛筆並用銳利筆尖戳刺，影藏在白嫩皮膚下流淌著可恥血液的青白脈絡，汲取鮮紅墨水在莊重肅穆且虛僞造作的祭禮上潑灑，並用憤怒污穢字眼武裝臉龐上所穿著的笑靨，然而，有人的哭鬧聲一直震痛他脆弱耳膜讓他感到惱怒，神經質地東張西望之後卻發現，像是孩童般啕啕大哭的自己就是噪音來源，嘴巴用力維持笑意眼淚卻不自覺地劃破臉龐毫無防備的肌膚，四處割據。

在這漫長且酸腐的十八年間，有過太多的悔恨，有過太多未能平衡的心態，累積太多的心碎未能使他父親明白，那男人所罹患的上顎軟骨癌變奪走老年時他同樣的報復，就連用力毆打他身軀的機會都沒有了。也一起將解釋不清的複雜心結拖進棺木與死火中，他無法得到來自地獄深處裡的一句解答，一個字眼，以及一瞬似有若無的夢境。

「夠了，住手。」從小一起長大的青梅竹馬用力拉住他不斷揮舞婉如在呼救的右手，並將那隻沾染血腥的筆粗暴奪走，使勁往後拋進殯儀館外的急雨裡任其被車輛反覆輾碎。她硬是以一個極其蠻橫的擁抱扣住他不斷掙扎的軀體，以著急的語氣在他耳旁吶喊。

「阿爸不會希望你這個樣子的，你不要這個這樣！」

「妳他媽的懂個屁！他對你們而言他不過就是可有可無的義父，妳自己平心而論妳有資格叫他一句父親嗎，但對我而言……！」是什麼呢？他紅著細窄鋒利與他父親幾乎如出一徹的眼眸並用力緊咬著下嘴唇，手臂上些許圓形裸露細長肌理的傷口噴濺出灼熱高溫的鮮血，在他與她之間蔓延出一朵完全盛開的巨大紅蓮，她穿著於身的嶄新麻孝衣滴淌著嫣紅。

爲什麼他對你們最好，但受到最多傷害的人卻是我？

你們的父親，是不是也被其他的小孩喚作父親？你們的父親，是不是對其他人比對你好？你們的父親，是不是帶別人與他們的小孩出去玩，卻把你自己一人獨留家中？你們的父親，是不是總是替別人著想卻從不爲你想？你們的父親，是不是記得別人的生日卻老是忘記你的？你們的父親，是不是在你出生的時候只顧著打電動？你們的父親，有沒有把錢都給了別人，卻把一堆爛帳留給你？

爲什麼是我，爲什麼我是他的小孩而不是別人家的孩子。

「他媽的你去死吧！去死！去死！去死！」溼熱黏膩的口吻嘔出心肺，咳出血水。對著死人高喊著這樣的詛咒，眞是好笑。他暗地裡想著。

我的心在哪裡，我的家就在哪裡。十三歲的他說。

在那一年，那男人決定將他自己身心靈奉獻給他所信仰偉大英名的，看不見的超強大神明，在荒山野領裡選擇一塊荒煙漫草滿佈的山明水秀之地，開始用那男人老婆的錢財開始大興土木，用一座宏偉的廟宇撐起週遭所有人瞻仰的信念與尊重。他帶著一個母豬似的吳阿姨就在佈滿竹林的糞土之地裡建立起一個兩人的龐大房屋，她心中還懷抱著一個極其卑賤的渺小願望，以及一個致命而令人作嘔的醜陋誘惑。

那男人，那自卑卻又裝得高人一等的男人，高聲闊論地吹噓著自己有多麼會賺取錢財與支配那些愚昧信徒們，但眞正的事實永遠比謊言更加令他感到自卑，他兒子的母親在他身後默默支持他可笑的信仰，將新鮮的麵包與沾滿眼淚的銅幣不問理由地交付給他。那男人用他妻子的錢開心的到處吃喝玩樂，卻從羞愧不讓所有人知道這種可以自娛娛人的笑話，滿口謊言還浮誇風流，總是以爲自己是萬眾矚目的大人物，永遠可以吸引所有人的聚光燈。

這種笑點，就在於所有人拆穿他假面具的瞬間，那卑賤的自尊，在一夕之間崩毀的嘴臉。

然而，對他而言卻是好事一樁，那男人所做的惡行都在天際線彼端遙不可及。

「他的齷齪正好匹配她的下賤，好一對狗男女。」他語帶諷刺地向他母親說道：「還有那是什麼破爛不堪的廟？不三不四的像一棟幼稚園孩童隨便堆出來的積木，聞起來有種虛假的噁心氣味，我灑泡尿都比它好看好聞多了。」

「好了，別再說了。別人幫我照顧老公就該感恩了，對吧？」他母親多年來並非刻意而磨練出來的豁達，開始讓她有著智者不理世俗的風範，亦或是開始選擇無可藥救的逃避。「而且那座廟我們付出許多時間與金錢，再怎麼不三不四也是我們辛苦建造出來的。」

「爲什麼那男人對你那麼過分，妳卻連生氣都沒有？」他不解地蹙眉，像一個極具懷疑精神的學者。

「生氣又能怎麼樣？只要他還會養我們就好啦，而且他是你的父親，他有養你，你講得那些話……」

「狗屎，我不想聽。」他想要的，並不是物質可以比擬的。

而就從那個時候開始，他母親與那男人之間開始發生傾倒崩塌的危機，在那男人四周盤旋打轉的嗜血禿鷹們所發出的細碎耳語造成太過深刻的隔閡，以至於產生不斷以麵包爲主軸的激烈爭吵與毆打。他母親遍體鱗傷地向那男人勸說妥協，但那男人眼中只有野心與慾望，以及那些阿姨們沒有理由的崇拜眼神，他把所有時間與金錢給予無形有形的別人，卻不願將一秒鐘留給在他身後不斷哭泣憤慨，默默受罪的妻兒。

是否虛假，只有自己最清楚吧。

迷途

十五歲的他，每當那男人回到他抵禦外敵的厚實但狹小堡壘時，他就把他曾經燒紅灼熱、而如今早已麻木的心輕輕折成一架童年的紙飛機，拋出他手中承載著風在暗夜裡徘徊，恨意捏在拳掌之中，那一顆泛黃老朽的繭倏地開始向內塌陷，他自我毀滅的溫熱睡意便在憎惡裡咆哮，再失控中徬徨無助。

誰來守候呢，他曾渴求的心。在灰燼裡勾勒出一道微笑的橋墩，支撐自己日漸失調的日常，以緩慢且自封的步履維繫對於現實世界的鏈結。他一直都沒有機會問也不想要知道答案的冰冷正確解答，開口提問那個男人他是否不如其他叫那男人爲父親的所有孩子們。

十六歲的他看著深藍社群網站中，那些孩子與他們的母親由那男人開車，四處去各地名勝古蹟與街頭巷尾的和樂合照照片與一些令人憤怒的興高采烈，他們寂靜以文字叫囔著那男人是如何對他們友好與呵護，也不顧他面露惱怒地用將電腦主機板拖拉出來用力砸下，分解成無數廢鐵，那般的喧鬧不休。

而僅有的幾次全家外出出遊，他們一家三口身旁附近周圍總是跟著沒有名字也不具任何意義的別人，沒有任何一次例外。他臉龐上永遠殘存著不易令人察覺的憤怒與哀傷，母親也總是露出似笑非笑的無奈慘澹容顏，唯有那男人掛著不可一世的高傲笑容，也許他妻兒在當下死去也不會察覺。

是吧，要是他手上有一把手槍就會朝我們腦門開火吧⋯⋯

他母親憂愁地說他們一家從來沒有，眞正的團圓過，根本沒有一張照片是他們一家人的美滿合照，他則說該賀喜的是，那男人該死的死亡喪禮根本不用播放紀錄片丟人現眼，賓客一定反而會誤以爲他是沒有姓名的他人。

母親這次卻沒有絲毫要責備他的意思，只是以輕淡地苦笑帶過。

在殯儀館的陌生賓客開始在座位上竊語，許多思想老舊的迂腐長輩都露出相當驚愕與不予苟同的神情，在眾人的目光之中他奮力扯開束縛住身軀的廉價深褐色麻孝衣，把頭上所戴著的麻草帽迅速甩砸於在鮮紅絨地毯上並將其凶狠重踩踐踏碎裂。那隻筆，那隻在殯儀館建築之外淋著大雨的自動鉛筆被喪家黑灰車輛輾碎，再也無法復原。

許多親友趁他尙未採取激進報復行動前，像一群長出透明羽翼的兵蟻快步靠近他看似高大的背影，將他整個人壓倒制服在地無法動彈也不能反抗。他體內的充氧血液像岩漿般高速沸騰，腎上腺素使他出如同坐困於鐵籠中受傷之獸的激烈掙扎。那些一直以來都環繞在一旁的假人模特兒一臉漠然地興災樂禍，以金幣取代眼眸的他們冷眼注視著這一場鬧劇，蒼白的視線彎成弧線竊笑著。

他不斷掙扎，不斷試圖訴說，但當他能夠開口說話時，說出來的卻再也不

迷途

是別人能夠聽得懂的隻字片語。

沒有文字也沒有邏輯，粹然的原始聲音，彷彿將自己囤積怨氣的五臟六腑全部從嘴裡吐出，不是語言也不是他人能理解的嗓調。

一如葛雷戈變形成蟲時，野獸般的聲音。

殺人不過就是一種行爲，害死人才眞正是一種深奧的技藝，十八歲的他如是說。

那男人所罹患的癌症在吳阿姨的花言巧語下變成一種錐心刺骨的牙周病，從山明水秀的小醫院到窮山惡水的小診所拚命掩蓋著對方心中的無數罪愆，距離都市越近的大型醫院就越不可能抵達，如同極磁鐵似的，諷刺的令人詫異。

他母親苦口婆心的勸告那男人回來台北就診，但他寧願帶著吳阿姨與她的三個孩子去世界各地玩樂享福，只因爲那三個孩子聽從他們母親的命令柔聲喚他父親。他付出他自己的錢與時間培養她孩子，親自開著轎車溫情接送他們上下學，用一個小時的時間他們說笑著。而他的親生兒子卻只能認命地搭公車，圍繞著臉龐的是冰冷無言的，凍結的空氣，不過只是二十分鐘的倒數，從嘴裡冉冉吐出不平的霧氣，將心痛換成嘆息。

他妻子也曾要求她兒子打電話要求那男人回家就診，十七歲的他卻不肯服從他母親等候期盼的請求，那男人的死亡對他而言不過就只是泡沫般，在早已他受傷的心裡沒有絲毫重要，用再多的金錢也買不到那男人生命裡的一秒鐘，能夠對他友好如同真正的父子。在沒有安全感也缺乏呵護的憤怒心靈，抗拒著對自己不聞不問的生父付出妥協，當兩人共用的蹺蹺板兩端喪失重量平衡時，這個遊戲就以自己的定義勾勒出一個人落寞的身影。

多重器官衰竭就像是加壓艙裡的高壓空氣，將他原本就因牙痛而無法吞食的瘦弱身體吹漲鼓動，像一顆人肉氣球漏氣滲出奇怪的組織液。臨死前孤單寂寞只有任命的妻兒守候在他身邊，那些他最愛的孩子跟好騎好玩的貓咪阿姨們只等著看他會不會死而已。夢想與現實總有一段很大的落差，而殘忍的現實，總在最後滿懷期待的時候狠狠地，朝眼前的臉龐揮出一記重拳。

就在他十八歲之後的數日，那男人便在他睡夢中悄悄逝去，而那天冬季季節首日的放晴，熾熱灼白的陽光自魚鱗狀烏雲邊緣破裂而出，將整座荒涼蒼涼的都市渲染上色彩，他卻再也忍不住嘴角的笑意，大聲、清澈、爽朗且豪爽的仰天大笑。在他心中，那男人的死配不上這麼聖潔而光明的光景，後來他才想到，原捱這般天影，是替他慶祝曾是他父親的男人被引入地獄裡，受到折磨與劫難。他盤據在屋頂上，如同蒼狼般在灰冷月光下高聲狂笑，他感覺到一種沒有辦法說出的快意。

氣候是出乎他所料，其他的事情他倒是不意外。沒有名字也沒有面容的蛆與胡狼以口舌爲憑，企圖分食並啃乾舔盡那男人所留下的模仿與蛋白質，以及廟宇樑柱地基的混凝土與梁柱。在外人之前支持吹捧那男人的阿姨們全都褪去虛僞的人皮外衣，變成帶著水蛭吸嘴利牙的害蟲揮之不去殺之不盡。然而十八歲的他比起那男人更能看透這可笑的一切，戴著揶揄表情，豎起驕傲的中指，在那男人的靈前瘋狂大笑著。

吳阿姨苦等多年的偉大時刻終於到來，她盜走保險箱裡所有的鑽石珠寶與存摺現金，搬走那男人房間裡的大型液晶電視與除濕機，甚至連那男人曾經用過的床單亦被剝去遁入黑暗裡，像法律之外的完美幽靈消逸無蹤。

血氣方剛的他看著自己母親一天天憔悴瘦弱的背影，便從自己的內心深處用力拉出一支交纏著無數執著與情緒的自動鉛筆，用罄那男人遺留下來在他身體裡到處流竄的半數血液以及他餘下的所有人生，用力在紙張上刻下墨色的靈魂。

恍惚中，他回到那間童年上鎖的房間中，以灼白燈火取代當年醉倒在深沉黑夜裡的寒星，將暗紅腥臭的血水塗抹在窗邊明亮熾熱的陽光，燃起自己累積在臉龐上的微笑曲線，逼退清晨的侵擾。他輕輕拾起崩解泛黃的厚重繭殼，用筆端沾起肌膚上尚未癒合的傷疤當成修補的針線，替它黏接暗紅色粗糙輕巧的絲線，編織出沉載睡意的捕夢網，惴慄不安的夢囈。衣服布料纖維裡殘存著過去的味道，他全數鎖進回憶裡的衣櫥覆蓋塵埃，拋進眼眸裡的秋水中溶解殆亡。

他看著自己鏡面裡的倒影，不再有任何情緒的臉龐因碎裂而分割出不同面容，前額緩緩滲出一道佔據他掛滿淚痕的肌膚，他仰起臉龐再次前傾，他便不復存在。他暴亂地以自動鉛筆在蒼白死灰的壁面用血脈書寫，佈滿文字與塗鴉的角落拉出一截宛如小腸般窈窕有致般的繭絲，覆蓋血色的筆芯斷碎死亡之後，他用嬌嫩指尖繼續把故事情節雕刻在死白的空間裡，肉絲肌理挾帶著狂氣飛濺在磚牆上，骨骼蒼冷突出創口。

他的指拳骨爆裂彷佛重擊著灰冷的混凝土牆，一顆柔軟任憑其蹂躪的枕頭卻濺滿血花，他不曉得自己不斷哭喊且不斷以拳頭揮打小時侯的枕頭，只是他再也感覺不到痛楚與悲傷。他修補完整的繭輕柔剝離出絲線，與牆面上的字句交織出嶄新亮麗的涼潤蠶絲再次包覆住遍體鱗傷的心，睡意便來臨到他的軀體之中，使他回到夢土裡不再徬徨地在深夜裡咆哮。

迷途

他倏地睜開雙眼，炫目耀眼的金黃陽光刺痛他敏感肌膚與無法抵禦強光的眼眸，令他不禁如同受到驚嚇的鳥雀狂吼出聲，在房間高窗外的溫暖世界不像是人間，反而讓他有種自己是置身天堂的某種感覺。但沒有人聲也沒有機械運轉噪音的狹窄空間裡所形成的靜謐卻讓他安靜下來，沒來由的，有一種這個世界只剩下自己一人的錯覺。

躺臥在一張像夢般潔白溫柔舒適的病床，高懸在點滴架不知道名字的營養液與食鹽水透過塑膠導管進入他體內血脈，空無一人的狹小房間裡沒有談話聲也沒有呼吸聲，就連心電圖的刺耳聲響也沒有進入他任何聽覺細胞裡。

不知道自己身在何處，也不知道自己最後是如何來到這裡，卻意外地，感到莫名其妙的安定與祥和。知道沒有什麼是自己可以再失去，記憶、人生、肉體、幸福、悲傷，通通沒有書寫在腦海中的跡象，甚至連自己是誰也都不在乎了，他沒有試著去追念哀悼他已經忘記的一切，他只是有點懷念夏季時吹拂過臉龐的一陣微風。

他知道自己終究會被淹沒在時光的洪流裡，每個曾經重要的回憶與一切都已經離他而去，最後肉體會孤單寂寥的陳屍在現實世界某處逐漸腐爛。他緩緩低下臉龐，看著自己潔白乾淨的柔軟厚實雙手，應該要是遍佈傷痕的肌膚卻不覺得刺痛也沒有任何躁癢的錯覺。
就像蠶繭般，安祥的長眠。

那女人

張亞男（中文一B）

夜深了，窗外月色撩人，已是北方的五月，夜晚的風已不再那麼凜冽。張家人睡的死死的，小女兒今年複讀高三，爲了跑校方便父母會晚上回到縣城的家給孩子做頓可口的晚飯讓孩子睡個好覺，明天正好是週末，一家人可以睡個懶覺。

老張的手機放在客廳的茶几上，震動模式下兩個未接來電都未能吵醒這一家人，終於第三個電話吵醒了睡夢中的二女兒，沒來得及穿拖鞋，光腳跑向客廳，一看是三姨夫的電話，以爲是姨夫喝醉酒了半夜發神經，於是沒叫醒父親自己接通了電話。

「喂！」

「你爸在嗎？」他顯然聽出了侄女的聲音。

「在，做啥？」

「叫你爸爸起哇，你姥姥不行了。」

遲鈍了三秒鐘，緊接著追問，「啥意思？」

「你大姨夫打過電話來了，你姥姥可能不頂了，叫你爸爸趕緊起哇，先別吵醒你媽，讓你爸給我回個電話。」

嘟-嘟-嘟……

對方掛斷了電話，女孩小心翼翼的推開父母臥室的房門，推了父親三下，鼾聲停下來睜開眼的瞬間，女孩捂住父親的嘴，做出「噓」小聲的樣子，打手勢讓父親出來，父親先是睜大了眼睛嚇了一條接著揉揉眼睛爬起來走出房間。

「爸，三姨夫讓你給他回個電話，說姥姥出事了……」

老張拿起手機撥通了電話。

……

「啥時候的事？」

「嗯」

「那我開車往回趕哇現在」

「行，先這樣哇！」

「爸，怎麼了姥姥？」

迷途

「大概不頂了你姥姥。」

「不能哇，我前天剛剛打得電話好好的……」女孩已經有點嗚咽，雖然極不願意相信這是眞的，但是大腦下意識的有種不好的預感。

「那要不要叫媽起床？」

「起哇，不起等啥的呢」，老張撓了撓頭，「那能不讓女兒知道！」說罷老張轉身進了房間，打開燈，搖了搖睡了正香的妻子，「老袁，起哇，有點事。」

「做啥了？」被打擾了休息的妻子只是大腦下意識的回答了一句，但顯然沒有起的意思。

「你媽好像出了點事……」老張聲音低卻深沉；

「啊？！」妻子一把從炕上爬起上半身，「我媽咋了？？？」

「韓二打過電話說姐夫金城來電話說你媽好像有點事。」

雖然沒有明說，但妻子早已明白了其中的意思，慌亂中開始趕快穿衣服；女孩一直站在客廳原地，一動不動的聽著裡面發生的一切，不大會兒女人便一邊穿襪子一邊走出房間，由於襪子未穿好便急於走，出臥室的一刹那便摔了半個跟頭。女兒本想說媽，你別著急，但不知什麼原因她把話咽了下去。

老張早已穿好衣服，打開防盜門，一邊站在門口手裡夾著一根煙一邊打電話聯繫妹夫，女人則在收拾包，撩起炕上的油皮布取出三遝錢，女孩知道，那應該是姥姥寄存在母親這兒的三萬塊。

「你們從土平走，我們從新仁走，直接去我們這邊能快點，你聯繫老大把他接上……」

女人抽出三張紅版擱炕上對女兒說，「你下星期先住校一星期，別回家了，我等金城忙完你再跑校。」

「趕緊走哇，回去看看碰搭能搶救搶救！」女人對門口打電話的男人喊道；

「行了，就這哇，我們先趕緊回去看看，完了再說。」老張趕緊掛了電話往樓下走，女人這時也收拾差不多了，邊穿大衣邊往外走，「行了，沒你事了，趕緊回去睡覺去，明兒個還開學了！」話音剛落防盜門便被摔上，接著樓道傳來急促的下樓聲。

家裡頓時只剩下了女孩一人，房間又恢復了之前的平靜，女孩有點小怕，關了燈進了房間，抱著大狗熊玩偶蜷坐在床上，月光如水般傾瀉在床上，腦中一片空白，不停的祈禱著姥姥沒事，不時殺出幾張兒時姥姥和自己在一起的片段，眼淚悄無聲息的滑落下來。

然而，這個夜晚似乎註定是不平靜的。

金城夜巷

「我媽了？」車還未停穩，女人便跳下車，徑直跑向院子裡直奔上房，聲音夾雜著哭腔喊出第一句話，裡屋的大姐聽出了妹妹的聲音，邊哭邊喊「竹青，媽也死了！」話音剛落，女人便已經跑進了裡屋。

炕上斜躺著一個被半脫光衣服的女人，身體死死地一動不動，頭髮蓬亂，雙眼緊閉，旁邊放著一個裝了半盆水的臉盆兒，一個女孩邊流淚邊擺著毛巾，另一個女人則泣不成聲，邊哭邊給那個死去的老太太擦洗著大腿；褥子被尿弄濕了一大塊，擺毛巾濺出的水都落在炕上匯成一條「小河」；打翻的瓷缸水灑了一灶台，幾顆白色藥片和膠囊浸泡在水裡。

「媽！」撕心裂肺的喊聲伴隨著奪眶而出的眼淚，二女兒不停的搖晃著炕上那具早已逝去生命卻仍有一點餘溫的屍體；

「竹青，媽死了……」

「大姐，老人咋死了？二個蛋前日個和打的電話，說她姥姥身體可好了，天天打麻將還？」老張用接近質疑的語氣問著；

「不知道麼，晚上打完麻將趕個六點多還在我家吃的火鍋，可吃些個，我說您在我這說會兒話緩緩再走，她說俺不在了，回去看電視呀，電視開呀，甭誤了。我跟你姐夫也就沒攔，說咱也洗鍋看電視哇；趕個晚上一點多那廂虎子媳婦就是趕快跑過來敲門說老人不頂了，說是出不上氣來，我披件衣裳就是往過跑，益東跑的前頭進去給媽掐人中，你姐夫打一二〇，我跟丹丹就是個行藥。一看掐人中沒反應，聽見救護車聲音益東背起就往出去跑，第一回剛背上去的軟的顛下來了，我嚇的後頭扶住益東前頭趕快跑，一看到尿了一褲子了，放擔架上醫生看了看，聽完心跳說不頂了，拉都不往走拉，益東就是個跟打架，完了另一個醫生正好是個主任說您甭介，冷靜冷靜，老人確實是不頂了，心不跳了已經，眼珠兒都翻了，是真不頂了，不哄您，要是還有希望我們也往走拉呢，這是真不行了。益東氣的就是個踢車，我跟丹丹的哭成一堆了，你姐夫就說行了，往回抱的炕上去哇，我打電話通知那兩個人趕快……」。

老張深吸了一口氣，撓了撓頭，並沒有拉趴在老人屍體上的妻子，他知道現在說什麼都沒用，眼神示意了一下姐夫，兩個人走出了裡屋。

「我打電話問問韓二走哪了，的把老大叫上了，你打電話趕快通知楊曉東。」說罷掏出手機，撥了出去，另一人也掏出手機開始打電話。益東心情難受的厲害，不想看著她們哭便也走出裡屋到外面找父親和二姨夫，掏出煙點燃了三支，一人一支。

「走的哪了？接上老大沒？」老張聲音低沉卻厲聲問道，顯得有些不耐煩；

「我這邊剛剛才接上老大，剛起身，往回趕的了。」

「都幾點了，磨蹭啥了？」

「我跟三子早就安頓好了，老大磨蹭的暫且接不上，我這就往回趕的了。老人咋的個？」

老張神情稍微變了一下，聲音低沉地說「不行了，準備後事哇回來。你開車注意安全，甭再出事了！就這哇，先掛拉。」

「我聯繫不到東東，家電話也打不通」，姐夫說；

「韓二起身了，咱先忙哇，打電話先趕快定棺材哇，聯繫幫忙的人，這家沒非還指望兒子了，女兒到都哭成一堆了，就剩咱們女婿了不罷也，給老人辦後事哇先。」

……

裡屋的哭聲漸漸小了下來，女人們只是默默的流淚，一邊擦洗身體一邊爲老人換取乾淨的衣服；漆黑的夜空掛著一輪殘月，月光皎潔，小小的四合院燈火通明。在一片夜色中人們開始忙碌起來，爲了袁家的老太太，爲了一個女人的葬禮而忙碌起來。

新仁

女孩整夜未眠，一邊雙手緊握地祈禱著沒事，一邊腦袋裡回憶和姥姥的所有記憶片段，想起兒時姥姥帶著自己去看戲，《醉打金枝》、《楊家將》看了不下幾十遍；有一次姥姥談起往事，說那會咱們和蘇聯還好的時候大隊書記喇叭廣播，叫大家集體唱歌，「蘇聯是大哥哥，我們是小弟弟……」；還有一次姥姥說起往事，「啊呀，那會兒那可叫個窮，六〇年那會兒，正趕上鬧饑荒，孩子們多的沒吃的，你姥爺和幾個男人們去山上把樹皮拿刀扯下來回來煮上吃；人們說城裡頭的那個塔寺裡面供養的佛爺是摻了穀子做的，怕叫人發現，晚上偷悄悄的去拿刀把佛爺的肚子挖下來一塊，回來煮上吃；哎，俺孩兒不懂，你姥爺家那可是一個窮呀那會……」一段接著一段，回憶著和姥姥共處的時光，邊祈禱邊流淚。

早上五點多，天還未全亮，女孩實在按捺不住焦急的心情了，撥通了三姨家的電話：

「喂！」電話那頭三姨的女兒雁冰接起了電話；

「雁冰，我二姐，你爸媽走了嗎？」女孩幾乎聽不到自己的聲音；

「我爸媽昨天晚上就連夜走了，姐，姥姥是不出事了？」，電話那頭用接近哭腔的聲音問道；

「我也不知道，我不敢打電話問我媽，你先別嚇，我打電話問問益東哥哥。」

「姐，姥姥不會死了哇？」

「別瞎說，你知道個屁！先就這哇，我打電話回金城問問。」說罷，女孩掛了電話，擦乾眼角的淚水，再次撥通電話，她希望對方接起來罵道大清早上做啥了，她希望對方手機關機，她希望對方說甭擔心搶救過來了！

嘀⋯嘀⋯嘀⋯

「喂！」女孩聽到母親哭泣的聲音便預感到了一切，但她還是忍住哭聲問道，「媽，姥姥咋的個了？」

「姥姥—死啦！」

女人的哭聲傳來讓女孩的淚水瞬間奪眶而出，「媽，姥姥咋就死了？沒搶救嗎？」；

「趕你大姨叫救護車過來的時候你姥姥的斷氣了，不頂了……」

「媽，你別哭，爸爸他們呢？」

「你爸爸他們買棺材把你姥姥抬進去剛剛，建靈堂的了」

「媽，咋辦呀？」

「哎，甭哭了，俺孩兒下午開學先上學去哇，這個禮拜先住校，媽媽的在金城忙一陣兒，你姥姥反正也死了，你來也沒用了，別告訴你姐姐，沒了影響她考研，先忙你的哇！」說罷便掛斷了電話。

女孩眼淚大把大把的掉下來，撥通了三姨家的電話：

「喂！」

「雁冰，姥姥死了！」

話音剛落，便傳來了哭嚎聲，「姐，姥姥咋死了！……」

女孩哭著說：「別哭了，你先把你弟弟安頓好，你媽估計也回不了家一時半會，你下午開學去上學先，我待會收拾一下坐客車回金城看看，咱們三個咋也得回一個。」

「姐，我跟你一起回！」

「你還得照顧你弟，你弟弟那麼小，別讓你媽擔心，我回去把情況告訴你，再說我從新仁出發比你近多了，說不定我下午就能回來，不耽誤開學。就這樣定了哇！」

「那你自己一個人注意安全！」

「恩，甭擔心！」

掛了電話女孩便起來收拾東西，出門打的直奔汽車站，路上她給班主任發了短信請假，她想，無論如何，她要去送送姥姥，自己生命中最重要的人之一。

……

（金城）

「爸，你們在哪了？我在大姨家門口了，姥姥家咋沒人？」

「你回金城了？？？」

「恩，我早上坐客車自己回的，你們在哪了？」

「行吧，回來就回來哇，看看也好，我們在你二舅家了，你姥姥辦事的在兒子家辦，我讓人過去接你去，你站那別瞎繞！」

不一會兒，女孩的大姨夫、三姨夫便開車過來了，開車的是大姨夫的大兒子東哥；

「你一個兒咋過來的？」東哥問道；

「坐客車！」

「姐夫，用不用買紙錢現在？」韓二問道；

「老二才剛買了點，先別買了，先緊沒有的先買，完了回去趕快佈置靈堂！」

四人沉默不語，小車開進了二舅家的社區，一進社區便看到了空地上的帳篷，幾個人在忙著用繩子加固帳篷；車剛停穩女孩便下車徑直走向靈堂，在棺材前的桌子上取了三炷香點燃後跪在靈堂前拜三拜，第三拜頭剛一著地眼淚便流了下來，站起來上完香便跪在靈堂的火盆前燒紙錢，眼淚不時掉在火盆裡發出被烤幹的嘶嘶聲。

老張看著女兒跪那哭著燒紙錢也沒去安慰，他知道女兒心裡難受；周圍人只是看了一眼接著幹自己手上的活；韓二上樓後把買的東西放在炕上，說「二姐，琪琪來了，下頭燒紙錢的了！」，「大姐夫，你看還差啥？」，「我看這點就行了，完了不夠再一併買，先過來把賬記上！」回話的是袁家大姐姐的男人，戰爭時期袁老爺子的弟弟給金城的城主喬黑頭當兵，戰鬥中被流彈要了命，留下一個女兒，袁老爺子便養了她，因為比自家最大的孩子大，所以孩子們都管她叫大姐姐，接著大姐姐解放後當了工人認識了一個不錯的男人，結婚生子；話說這男人目前是袁家長輩級別裡面最有學問和威望的一位，在政府機關裡面當過個什麼書記，雖大學學的理但文史也比較精通，還去過蘇聯會說幾句俄語。所以家裡遇到這種婚喪嫁娶的大事，大家都要他做個總顧問才感覺心裡踏實，這次老太太的喪事自然也是離不開他。

老張看到妻子從樓上下來便說：「二個蛋來了，蹲那燒錢的了！你去看看！」；妻子朝女兒走去，蹲下來抱著流淚的女兒對著棺材說：「媽，您看琪琪也回來了！」話音剛落眼淚便掉下來，「俺孩兒回來也看看姥姥，甭哭了，姥姥走也走了，」說著從包裡拿出一塊紅色圍巾，「給媽媽把這塊圍巾收起來，那年媽媽買了兩塊，給你姥姥一塊，媽媽啥也不要了，讓你姥姥安安靜靜地走哇！」母女倆在棺材前抱頭痛哭。

中午，按習俗這幾天是要一直在飯店吃的，袁家大大小小已經陸陸續續的都從外地趕回來了，老太太膝下有兩個兒子和三個女兒，此外那會由於自己姐姐沒有兒子加上孩子太多養不起還把第三個小兒子送給姐姐養，再加上袁老爺子替弟弟養的那個女兒，袁家一共就有七個孩子，後來送走最小的兒子也還有六個，老太太一生最大的功績便是把孩子都養大，接著便是伺候兒媳婦們坐月子、看孫兒們、幫忙照看女兒們做月子、看外孫兒們；所以大大小小算下來經老太太看過的孩子不下二十個，以往正月暑假時孩子們回來時便是四世同堂，做飯都的一大口鍋滿滿的，就這也有時不夠吃，人多的時候屋裡院子裡有大大小小三十多個人，飯後打麻將都可以湊個兩三桌，晚上睡覺時自己的屋頭、隔壁鄰居家的、二兒子、大女兒家的屋頭睡的滿滿的，說是一個排的民兵也不爲過，好在北方的炕頭大，一個炕可以睡的下六、七個人，而炕又是家家戶戶都有的。雖說後來老房子被拆了，政府按比例給蓋了樓房，也還湊合，但大家還是懷念以前在一起四合院的日子，開開心心、有說有笑的。

只是今天這頓飯，袁家老老少少都到齊了唯獨缺了老太太，飯吃的對大多數人而言也並沒有多大味道。老太太的兩個兒子並沒有多大出息，大兒子開了個雜貨店，勉強夠把一個兒子兩個女兒撫養長大並交待了婚事，也算將就的過得下去；二兒子做了幾十年的泥瓦匠也醉了幾十年的酒，一天都離不開那二兩狗尿，娶了個老婆天天只會打麻將，一兒一女都沒有念成書，如今都已經成家了可也並不如意，兒子跟人幹泥瓦匠的時候摔下來受了傷如今也就一直在家坐著，女兒嫁出去以後也不知什麼原因三天兩頭的吵架往回跑，總之老太太死前最放心不下的便是老二這家子。喪事的操辦應證了老張的話，全靠了女兒和女婿，指望兒子，那應該是萬萬沒有可能的。

老張負責大家這頓飯人人都吃飽，飯店裡拿煙拿酒記帳，忙上忙下的招呼著，妻子和那個最有學問的大姐夫商量著掛挽聯和祭文的事兒，二兒子又喝了不少酒，嘴裡大聲嚷著掛挽聯的事兒他包了，好幾次打斷那兩個人的談話，終於忍無可忍的妻子拿起手邊的一遝餐巾紙丟在他臉上呵斥道「你那個嘴能不能閉住，媽死了你屁忙都幫不上還在這兒瞎嚷嚷，喝你的那二兩狗尿哇，少扯淡！」；二兒子一看妹妹發了脾氣，便默不作聲埋頭只顧喝酒。畢竟袁家的二女兒是最厲害的，也是目前日子過得最好、自己的孩子都上了學在親戚裡最有前途的，所以這個家一般情況下都是她做主，一方面她儘量一碗水端平另一方面她儘量保護母親，一個善良、甘於奉獻卻經常受欺負的母親，也正是如此二女兒的話在袁家是最有分量的。

喪事一天天的舉辦，按習俗是要在兒子家設的靈堂裡擺七天才可以下葬入土的，七天裡，大兒子幹一些苦力活兒，搬東西之類的；二兒子負責晚上的守靈，順便和老婆做做飯什麼的；三個女婿們請人做老太太的大像、請戲班唱戲、買葬禮上所需東西包括活人吃的、死人下葬用的等等；最有學問的大姐夫負責派人買東西、記錄喪禮大大小小的開銷；女兒們做些招待賓客、帶好孩子、安排住宿的事兒……袁家大大小小就這樣忙活著，爲了袁老太太的喪禮辦的風風光光，不讓外人瞧不起，也爲了老太太奉獻的一生盡最後的孝道；的確，這個平凡的女人，這個爲了袁家大大小小老老少少忙活了一輩子的女人，值得這些人爲她自己忙活一回了。

七天后，袁老太太下葬了。

（新仁）

最後一個晚自習的上課鈴響了，已經是五月快中旬，離高考不到一個月，所有的高三學生都在玩命一般的衝刺中，教室裡鴉雀無聲，班主任推開門悄悄走進來，每天的最後一個晚自習是自由學習時間，因此大家都各自學習。教室的牆上掛著橫幅「一切爲了學習，學習爲了一切！」、「人生能有幾回博，此時不搏何時搏？」、「今朝苦讀，笑談翰墨居陋室；他日奪冠，與君同榻中南海。」黑板上的右上角有一個高考倒計時專欄「距高考還有21天」，老師走上講臺，拿起粉筆和黑板擦順手把21改爲20。

女孩正在做英語閱讀題，突然看到一張紙條放在自己眼前，「夢琪，你爸爸今晚接你回家，記得早點下樓。」抬頭，看是班主任，便知道金城的喪事是辦理完了，父親給老師打電話通知自己可以回家了。女孩向老師點了點頭便繼續埋頭看題，其實女孩當天回去看完袁老太太以後跟著忙活了半天第二天就回學校上課了，一周以來，女孩沒有意志消沉反而越發努力用功，雖然有時會想起以前和姥姥相處的種種回憶，但還是儘量克制住自己用功讀書，她知道現在是關鍵時期，高考在即，必須全力以赴，這是改變自己命運的一次機會，已經失敗了一次不能再失敗了，她告訴自己，姥姥在天之靈會保佑自己高考成功的。

下課鈴響後，女孩收拾東西下樓，父親早已在校門口等著，女孩上車後便問，「爸，你們金城的事全處理完啦？」老張長出一口氣輕輕回復道：「恩，處理完了！」父女兩並沒有多說什麼話便回家了，到家後女孩知道母親還沉浸在傷心中，於是一進家門便撲向母親大喊「老媽，母親節快樂！」女人看到一周末見的女兒自然高興，但也只是躺在沙發上回復了句「快樂！」，隨後又補了半句「哎，母親也沒有了！」話音剛落女孩便繞開話題，說「爸爸，我們第三次模擬考試成績出來了！」女人一聽便坐起來問道「咋的個？」，老張也停下手中抽的煙看著女兒，女孩笑著說「你們猜啊？」，老張說「看你這樣子是不還不賴？」，女孩知道父母已經急不可耐了便笑著說道「打了六三〇，全校38名！」女人笑著說「哇！這麼厲害啊！」老張也笑笑說「不錯，厲害了哇，高考打這麼多就頂了！你先坐會，爸爸給你熱點飯，待會吃完飯再睡！」

這個成績對於一個文科生來說雖不是拔尖兒的分數，也是一個相當高的分數了，而高考前，每個學校會照例舉行三次模擬考試，第三次模擬考試一般在高考前的最後二十五天裡，因爲這個時候學生的水準就已經基本固定了，即使再學習也最多就是背背課本、複習一下做過的題達到溫故而知新的效果，所以無論學校還是家長都會特別注重這次考試的成績，基本上這是高考分數的一個縮影。新仁一中是省重點高中，文科排在全校前一〇〇名基本上就是在一本線以上的大學徘徊，三十八名這個成績代表著有希望衝刺全國二一一級別的大學，自然，也代表著女孩兒學習刻苦，大考在即並沒有因爲老太太的死而影響心態，依然可以從容應對漫天飛舞的練習試卷和高壓式的學習。這幾天裡，女孩的模擬成績成爲家裡唯一的好消息。

「趕快過來吃飯，吃完飯早早睡覺去哇，估計這幾天在學校宿舍裡頭也沒休息好。」廚房傳來老張的聲音，女孩跑向廚房，坐下來埋頭扒飯，老張摸摸女兒的頭說「你先吃著，爸看會兒電視去，你吃完放著就行了，用不著你收拾，洗完早點睡覺！」說罷走出廚房，不一會兒客廳便傳來老張和妻子的小聲對話，女孩知道對話內容和姥姥的喪禮有關，畢竟辦了一個禮拜的喪禮，上禮、出力、吃喝拉撒都的跟錢有關係，人多嘴雜，一跟錢沾邊難免會七嘴八舌，儘管女孩內心裡不太想知道這種破事，但耳朵賤的要命，偏偏她一字不漏的都清清楚楚的聽了父母的對話。

——「上午大姐夫算帳，大嫂子一聽花了接近三萬的氣了，你沒見那樣兒！」

——「我咋沒見，她打的啥算盤我能不知道？她心想老人辦事兒少花幾個，完了留著點老大老二還能分點，我就沒見過這種人，老人一輩子辛辛苦苦的一沒工資二沒生意的，容易嗎？天天讓他們這個敲詐點那個敲詐點，連辦喪事都算自個兒能完了得多少錢，我就沒見過這種人，連死人都不放過！」

——「大嫂子大概是嫌那次拆房下來不是換了兩套，老二不是的了那套大的嘛，心想這回這三萬塊剩下的多多少少補點！」

——「老人又沒欠他們的，生下來的兒子就得養活一輩子啊，老人都的八十歲呀，有幾毛錢，一個人那會兒把那個院子翻新就花光了家底，要不是老人把院子擴大，那年縣裡政府拆房的時候能給分下來兩套樓房？頂多一套撐死了！」

——「哎，你媽也是苦了一輩子，兩個兒子也是不成氣候，沒出息的！」

——「我媽死了也好，省的看見那生氣。你看看那老二一家，二嫂子天天就知道打麻將，都不懂把那家收拾收拾，家堆的跟個豬圈一樣樣兒的，寡是吃的胖；那兒子也不懂的疼他爹，天天跟個媳婦在家裡面堆的，媳婦村裡的啥也不會做，介紹個端盤子的工作還不會騎洋車，那笨的就連個洋車都不會騎，願不得那生了個女兒是個愣子，那也帶遺傳的了，一家子沒個成氣候的！你看看我二哥那個女兒，嫁出去就跟爾好好過，爾那哇在村裡頭不是個好人家？嫁過去天天打架，這會把爾那家人家也折騰的光景過不起來了，啊呀，那可是沒運氣了娶了她了！」

女孩吃完飯便走出來裝作沒聽到的樣子去衛生間洗漱，出來後直接進了臥室關門睡覺，上一輩兒的事她做晚輩的不好評論，也不能評論，何況姥姥已經死了，說再多的也沒意義，想到這裡她便上床睡覺了，明天還要早起去學校，距離高考只有二十天了，該衝刺的時候了。

客廳裡電視在自己放著廣告，老張抽著煙，妻子蓋了塊毛巾被躺在沙發上，心不在焉的看著廣告，神情並不愉快，桌上的手機響了，拿起一看是大嫂二女兒的QQ聊天，並沒有說什麼便又把手機放回桌上，過了一會兒突然說道「二聰問咱土平那個小學招老師不，想回來當老師了，切，我才管她呀，那天來的人多了，我讓她們那桌人起了讓一下先，看那生氣的。那就書念的狗肚子裡面去了，她奶奶死了人來了悼念，吃飯沒位子了還不該讓一下？人家是客人，不的先把客人招待好？那就連個最起碼的禮節也不懂得，給誰辦事兒了，給你奶奶辦事了！我早就記住她了，指望我幫忙，門兒也沒有！」，老張深吸了一口煙，向來作爲女婿關於妻子的家事他不評論，只是選擇傾聽，讓妻子心裡一吐爲快。

「我就納悶了，我大哥也活的不清不楚，大嫂子那是反應不過來，氣的罵人，他跟著罵啥了，媽的死了還有心爭那點家產，不想自己掙錢，想的是跟媽要，媽是個幾十年的老寡婦，她有屁的個錢！你看看他家那兩個孩子，大聰結了離離了結，找了第三個男人才開始過光景了；二聰說哇也是念過書的，聽不進去人話就壓根，那年讓她先留的十一中先教著，起碼是個工作慢慢來，非要走，嫌爾給的工資低，哪有個剛剛當老師就掙大錢的，啥不都是慢慢來，弄的是高不成低不就，這會混的想去小學當老師還沒人要！你看那個兒子佳佳，天天說「念書有啥用，大老闆有幾個念大學的，大學生都的給爾打工！」，這會兒他好了？跟老婆在那個破門市悄悄的，人也不見，東西賣也賣不出去，球也不頂，寡是個生孩子快，才幾年都兩個了，好了啊？能養起？那一家子就不積德，也別天天怨天尤人的，嫌這不對那沒味，積德哇，人在做，天在看！我媽死了也好，省心了，活的也遲早被那全氣死！」妻子一口氣說了一堆，似乎要把幾年來對娘家的不滿一次性全部吐出來。

「行了，別氣了，咱管好自己的就行了，把咱兩個姑娘教育好、把她們送上軌道就算交代了，都一把歲數小五十的人呀，生那閒氣做啥了。這二個蛋眼看的高考呀，一上大學基本就沒咱們啥事了，也算交代了。至於爾大嫂子呀、二哥那家咋過那是爾自己的事了，咱畢竟是親戚，能幫的幫，幫不了的咱也不能做啥，咱把自己的日子過好就行了，咱就一小老百姓，不是那當官的也不是那頂有錢的，管不了那麼多。」老張說完長歎一口氣，抽完最後一口煙順手把煙頭在煙灰缸搓了搓熄滅，往後一躺斜倚在沙發上，長歎一口氣，雙眼看了看天花板。

窗外月光皎潔，這一天終於結束了，張家人這晚又睡的死死的。

……

高考結束後，女孩成績還不錯，考到了外省的一個一本大學，一轉眼寒假來臨，大學的第一個學期結束了。兩個女兒都回家過年，老張和老伴兒別提有多高興了，家裡兩個孩子都在外地上大學，頭回家裡平時沒個孩子感覺到冷清，這下好了，過年回來了，這年過的別提有多熱鬧多寬心了。

妻子帶著兩個女兒天天在家「折騰」，擦玻璃、貼窗花、買菜、燉肉、炸油餅兒、包餃子……似乎除夕這天不來，家裡就永遠都安頓不好，總還是需要洗洗涮涮、安頓安頓的。正月來臨，大家天天不用幹活，除了吃就是玩，北方的炕頭燒的正是暖和，往炕上一盤腿，暖壺邊上一放，麻將一放，一玩就是一下午一晚上。好在老張家的炕頭大，房間多，吃的也夠，親戚來了，吃喝玩一條龍都可以；孩子們也大了，老張的兩個女兒也或多或少可以做飯洗洗碗，小的家務根本不用操心，況且正月的飯都不用怎麼做，臘月做好的肉丸、炸帶魚、紅燒肉都在冰櫃裡凍好了，取出來一熱就行，剩下炒個菜熱幾個外面買回來的饅頭就夠了，吃完接著玩，打麻將累了都不用張口，就有人想急著替你了。

正月初九，是回娘家的好日子，雖說老太太已經死了，但還是需要回去上柱香、磕個頭的，按習俗照片只能供養在兒子家裡，女兒嫁出去以後就不是家裡的人了，爹媽的照片是擺不得的，所以自然需要開車回金城一趟，一來看看大姐、大姐姐那些親戚，二來就是必須的去二哥家給爹媽上柱香，如今孩子過年回來了，自然需要全家總動員。

初九中午吃過午飯收拾好後，張家一家便開車回金城老家，雖說初七下了一場雪，但今年是暖冬，雪下的不大，又是中午出發，自然路上雪都化得差不多了。不一會兒，車就開進了金城的大姐家，許久未見兩個侄女自然是開心不已，大姐握著姐倆的手歡喜的看不夠，嘮嘮叨叨的一家人說了一堆話。

「都三點了，的收拾的走了，再晚怕路上結冰了！」老張看了下時間說道；妻子也說：「走哇，咱們去老二家看看，給爹和媽上柱香就走！」女孩心想，也是，雖說姥姥已經不在了，但既然回金城了還是應該給姥姥上柱香盡盡孝道的，至於姥爺，在她出生的第三個月便的癌症死了，從記憶起便每年給他老人家過年回來上柱香，已成習慣。

車路過半路的蛋糕店時買了三十塊錢的蛋糕，妻子說〝我媽喜歡吃這玩意！〞；因爲只來過一次二舅家，忘記了住第幾層，只是印象中應該在上面，於是女孩雖不認識路也沒問幾樓，只是顧著爬樓梯。到了四、五樓的樓梯中間，便看到幾袋拿塑膠袋裝的垃圾，髒的厲害，想必是半個月未清理了，女孩下意識的覺得這應該就是二舅家了吧，便肯定的上前敲門。

開門的果然是二舅的兒子，女孩心裡一種無語的感受湧上心頭。進門後，老媽開始罵，說你們這一家子這是咋過的?嘮嘮叨叨開始批鬥，自然，這種景象的確感覺令人不爽。

地上垃圾一堆，沒有一件像樣的傢俱，想必是打架時摔壞丟了罷，別說坐了，連個下腳的地方都沒有，第一間臥室裡的床尾的木頭板掉了，被子也攤死在床上；第二間臥室裡地上的痰盂被那個愣子女兒踢倒了，坐在地上，紮了兩個沖天辮，雙腿叉開未穿子褲；炕上女孩的媽穿了件髒睡衣，面無表情的看著電視；最無語的不過於客廳裡放著一張床，行李早已髒的可以直接丟垃圾桶，床單中間破了一個超大口子；旁邊電視櫃上放著三個髒碗，碗裡還都有未吃完的飯，想來是近幾天的鍋沒洗。

女孩進廚房想找個盤子放蛋糕，只是髒亂的廚房不知怎麼下手，無奈空手出來，無語的看著放在破床旁邊的陽臺上的姥姥姥爺的照片，姥爺的照片是八十年代照好留下來的，黑白照，瘦瘦幹幹卻神情嚴肅；姥姥的照片則是死前幾年照的，面容慈祥而又帶親和力，令女孩想念萬分。兩個女孩沒等母親張口便主動爲姥姥姥爺上香，母親延續了姥爺的性格，從小對她兩家教嚴厲，要求嚴格，因此姐倆頗爲懂事。上香磕完頭後，二舅的兒子拿出來一個剛洗出來的盤子，水還在往下滴，女孩把蛋糕放在盤子裡輕輕地放在照片前。

妻子說道：「強強，叫你老婆把家打掃下，你看看這都髒的看不下去了，起碼把老人眼前這邊清理乾淨，老人天天看這堆髒行李心裡麻煩死了就！」，上完香後，老張便說：「老袁走哇，不早了，天黑就結冰呀，再晚不好走了！」，想必這一家子都感覺在這屋裡有太多的無語，於是便不約而同的往門口走，出門後，老二的兒子還說：「您們慢點，路上注意安全！」

……

路上一家人都沉默不語，女孩想說些什麼卻也不知道該怎麼說，老張點了支煙邊開車邊抽，妻子說道：「哎，我媽早死了也好，也歇心了，那麼大年紀了也不用爲這群人操心了，這家人就沒一個成氣的，我媽這會兒活的也能被氣死！」

姐倆不知道該怎麼說，只是沉默不語，老張把煙頭往外一扔，長出一口氣輕聲說，「老人這一輩子，難吶！」

黃昏將至，夕陽西下，余暉把路旁被雪覆蓋的莊稼地照的格外美麗，車子在黃昏中駛向遠方！

PART 02

乖

劉映辰（中文四A）

總在下午五點的公園遇到那個好小好小的她。

雨水濕漉漉地將陽光打翻，泥土一點一點開始濕透，深色朝她蔓延，她蹲在角落，沙上的圈圈叉叉已經有點模糊她還在和自己玩，我幫她打傘，問她怎麼還不回家，她說媽媽很快就來了，露出笑臉在她好小好小的臉上，是傘下的太陽。

媽媽眞的來了，不過天色已經暗了，她牽著她回家。我帶了一隻粉筆給她，讓她在地上畫畫。

光線穿過樹葉能看見若隱若現的蜘蛛絲，還能聽見毛毛蟲在枝葉上蠕動的聲音。她用白色粉筆畫了一間房子和一道沒有顏色的彩虹，彩虹沒有顏色也就只是線條而已。我稱讚她畫的眞好，那旁邊的人是誰呢？她說是她和媽媽。

她說媽媽也很會畫畫，不需要粉筆也能畫得很好。

天色好晚了，媽媽沒有來。一個穿著背心的男人來接她，畫裡沒有這個男人，我不知道他是誰，但是他牽著她回家。雲不多，天空是清澈的藍色，像是隨時要滴水下來，她坐在鞦韆上，我輕推她的背，想讓她晃到天上。我以爲小孩在接觸天空的時候，會很燦爛地笑，但是鞦韆越盪越高，她一直沒有笑。

媽媽告訴她，她哭起來比笑好看，這樣才乖。她問我是不是不笑比較漂亮，我沒有說話。

就要著陸了。樹梢上的蟬聲不斷透漏夏天的秘密，遠處的蛙鳴也比她更懂得說話，風只是經過而已，她的裙子掀了起來，大腿上是花花紫紫的紋身，她說媽媽也很會畫畫，不需要粉筆也能畫得很好，但沒告訴我是畫在她身上。

媽媽說她這樣才乖，這樣好漂亮。我想，他們家也沒有菸灰缸，所以才將菸熄在她身上。

這天晚上，媽媽和那個男人一起來接她，我看著他們牽著她回家。已經一陣子沒有見到她了。

蟬聲斷斷續續的，聽起來孤單，葉子慢慢黃了有些樹也快要禿了，夏天走了，橘紅色的季節跟在後面燒起來，我也聽說她家在一天晚上變成橘紅，在秋天裡燒起來，於是再也想不起楓葉的顏色。

迷途

她的故事被傳的好遠，媽媽的男友拿著酒瓶走向她，說乖，不哭了更好看，她就眞的不再哭了。她很乖，有很多事情好想問，但媽媽說安靜的小孩最乖，所以她想，長大後再問好了。鄰居們陸陸續續討論起他們家的家事，我想我們都很乖，都很安靜。

小心

金子淇（法文二B）

他不小心把它挖碎了。

挖的時候他又不知道下面會有什麼。那就挖吧，把土都扔出去。

他一不小心打碎一朵荷花。

「唔，一定是塑膠的，或者是布的，要麼是蠟的，地下不可能有花，花早爛在土裏了。」

他伸手去撿，想把它扔到一邊去，然而在他抓住它的一剎那，他的手上沾上了花的汁液。

有花香呢，那是眞的。

他看著那朵死花，感到很意外，他終於還是把那朵花扔了，繼續向前挖。

他一邊挖一邊想，還會不會有花呢?他很期待，催促自己加速。他想再挖到一朵花，想挖到一朵完整的。他小心起來，每一下挖得淺了些，可如果眞的有花，淺也沒什麼用。他淺而快地挖地，這天他累得不行。

他試著問別人，你挖到過荷花麼？可這個問題聽起來太瘋狂。他總不能見人就問：你挖到過荷花麼？他只得旁敲側擊與拐彎抹角。當然，一直沒有結果。有時候，他懷疑自己是不是眞的挖到過荷花。那是不是一個夢呢？他也不知道。

由於他每落下一鋤時都在期待下面有一朵花，所以他鋤地的速度變慢了。日出時他在挖土，日落時他還是在挖土，他變成了最窮的農夫。有人說他慢，有人說他不會用力，而他想挖出一朵荷花。

難道就沒人打碎過荷花麼？

後來他的腰傷了，人也老了。他開始賣大米，大米賣的很好。他有了一些錢，他開始愛講關於荷花的事，直接地講。他對那些年輕人說，你們知道嗎？我當年翻地的時候，翻出一朵荷花來，花瓣都好好的，就像剛開的一樣，簡直是朵神花！

後來，後來我把它賣了，就做起了生意。

他說這些的時候，一粒粒的大米從手指縫流下去。

花早已變成土。

妻閒

葉俊亞（會計四A）

她嫁給先生已經一段時間了，當初這段姻緣是遠房親戚說來的，早就過了適婚年齡的她沒什麼異議，順著年邁雙親的意思，當作是孝順也就點頭嫁了。

她對先生第一印象不錯，瘦瘦高高的，大家都說他為人謙虛耿直，很好相處。先生從事建築業，偶爾有婚喪喜慶的場子還會去幫忙搭搭棚架，她自己也有工作，錢的事情她看得很開，最主要還是為了讓兩老放心她有個歸宿。

結婚的排場不像她幼時想得那麼風光，什麼白紗蜜月的。不是年輕小姐了，嫁女兒不要那麼鋪張，這是她爸媽的說法。

簡單辦了手續，她拎著兩個皮箱就搬進先生家裡。

先生住在近郊，一層樓的平房做了室內挑高，背風向陽，屋旁還有一塊植栽空間跟水塘，她第一眼就愛上了，能在這樣寧靜的地方度過下半輩子，也算死而無憾了吧，她想。

迷途

先生平時忙於工作，若是接了發包工程，十天半月沒回家是常有的事，而單身久時練就而成的工作狂性格，也讓她鮮少有時間待在家裡。屋子久無人居，家具表面便會蒙上一層薄薄的灰，先生喜歡乾淨，她總念著有空要好好清掃，不讓先生覺得她怠慢，但無奈一忙起來又常把這事給忘了，一天拖過一天。

某天下班返家，她發現屋內乾淨許多，食指滑過家具，指紋仍清晰可見，沒沾上任何灰塵，連原本略有霉味的空氣聞起來都只剩純淨清新，定是結束工程回到家的先生仔細打掃遍了。

對於沒扮演好一個妻子的角色，她有些懊惱，但先生見她回來，不僅沒責備她，反而沒事兒地坐在餐桌上喚她喝筍湯，說是怕她久坐辦公室對消化不好，要她攝取纖維質。

那天夜裡，她聽著先生規律起伏的鼾聲，咻咻咻——地，像風颳過竹林一般，她想不如找天把工作給辭了吧，兩口子不缺錢，且先生這樣辛苦，她得把家裡顧好，讓他沒有後顧之憂，想著想著，矇矇朧朧地也就睡著了。

次日和先生討論過後，她便辭職在家專心於家務。除了家裡上下之外，她還把先生過短的褲子一件件給放下幾捲褲管，先生很高，她還記得初次見面時看見他憋得扭捏的長褲，想著他果然是沒有女人家照料的男人，沒來由地感到心疼。先生很感激她的貼心，兩人一直相扶相持，生活平靜和樂。

某天，家裡的事都忙完之後，閒得發慌的她把腦筋動到小庭院上。她和先生提議想把水塘挖大，弄成生態池，擺些喜溼的荷花、水萍、布袋蓮什麼的，再養幾隻魚兒和烏龜，反正植栽區這幾年也只是放著生雜草，不如改造改造，把環境弄得更清幽些。先生不置可否，只無奈地扯扯嘴角，晚餐明顯食慾變得不大好，看起來憔悴許多。

當夜，她沒聽見先生打呼嚕，知道他沒睡去，自己也跟著難眠。月光映到房間裡頭，她發現先生起身往院裡走去。她跟在後頭，想找機會和他道歉。

她看著先生赤腳走往植栽區，腳掌像紮了根似的沒入泥土，身形越拉越長，衣服漸漸鬆下落在地上，接著一節一節倏地向天聳去。她揉揉眼睛，再定睛只見原來雜草叢生的泥地裡，孤佇著一根瀟灑的竹子。

她哆嗦著，回房蜷在被裡心有餘悸，不知過了多久，她聽到先生躺回床上，還有隨後他一貫的鼾聲，她悶在枕頭裡恍惚笑了，再也沒有一絲更動庭院的念頭。

黑與白

趙子頡（土木工設二）

我的名字叫做迷，打從我出生之後，第一次睜開眼睛看到的世界，只有黑色和白色。當然那時的我並不認爲是「只有」，我理所當然地接受了世界是黑色和白色的這個道理。

當我把這個現象告訴母親時，母親只是笑了笑，當我說的是胡話。後來母親也似乎從我的行爲動作看出些端倪，終於決定帶我去看醫生。經過醫生的檢查後，證實了我的雙目有先天性的缺陷，視網膜出現了問題，導致我的瞳目不能分辨顏色，只能看見黑白色。母親聽完醫生的報告後，並沒有太大的情緒波動，只是輕輕的嘆了一口氣，然後憐惜地摸摸我的頭，悠悠地說：「雖然你看不見五彩繽紛的世界是有點可惜，但在你的世界裏非黑即白，黑白分明，這樣也就不會迷失了……」

那年只有六歲的我，聽不懂母親話裏的含義；而現年二十歲的我，卻好像有少許明白了。

由於醫生說這種疾病是不能根治，所以我們就這樣乘車回家去。其實在聽到醫生的解說後，我頓時有一種五雷轟頂的感覺，只是我卻不能在看起來那麼淡然的母親面前表現出來。原來世界不是只有黑與白兩種、原來我有缺陷……正當我快要被心裏的重擔壓得喘不過氣來，快要崩潰時，忽然有一隻手像洞悉我壓抑悲慟的心情般，伸出來輕撫我的頭，安慰我。我抬頭看了看，原來是母親溫暖的手。母親的手彷彿帶有魔力，在我頭上掃啊掃，好像連我的無力感也一併掃走了。

但是我的內心卻在經過那次探訪醫生後，悄悄地起了變化。想知道這世上其他色彩的念頭佔據了我的理智，它化作一顆種子埋在我的心田，隨著時間的經過而萌芽生長。伴隨我對彩色的世界的掛念加深，它也在我心中生長得愈來愈茂盛。我已經不能再裝作若無其事了，我急不及待的想知道另一個世界到底是怎樣。不過現實的殘酷卻令我惘然若失。

某天早上我睜開眼睛，迎接我的卻不是一如往常的黑白世界，反而是一個…是一個……「是一個五彩斑斕的世界！」我先是呆若木雞，然後難以置信地揉了揉眼睛，確定這不是夢，我才高興地高聲尖叫。原來這就是我一直所夢

迷途

寐以求的世界啊！它美得攝人心神、美得扣人心弦，它是多麼的攝人魂魄啊！這就是所謂的世外桃源！沒有人可以解釋爲何我能突然看見色彩，而我也把它當成上天的恩賜。當世界充滿著色彩，不禁令人目眩神迷，亦令過去頓時變得索然無味，不知不覺，我似乎漸漸被這個花花世界所迷惑。在耳濡目染下，不知道甚麼時候，我也染上了阿諛諂媚、沽名釣譽的習慣。母親對我說的那句訓言：「迷兒啊，做人記得要黑白分明，知道嗎？」，早已被我拋諸腦後。

不禁想起前幾天一位老同學對我說的一句話：「哇！才幾年沒有見面，你簡直判若兩人。你怎麼會變得這麼……」「是非不分」，我心想。我知道，這些我全都知道！六歲的我痛恨著眼中那個非黑即白的世界；二十歲的我卻開始想念那個黑白分明的世界。我已漸漸分不清什麼是黑，甚麼是白……

黑與白，在我眼中逐漸模糊，熔鍊成灰。

復刻

許雅筑（中文二A）

「可以告訴老師為什麼要把考卷折成花嗎？」這是我在二十分鐘內的第六次提問，男孩依舊瞪大著眼睛看著我。

在我八年的特教生涯裡遇過的個案也不少，這樣的案例倒是頭一次遇到。我可以感受到男孩對我的不信任，甚至透露出一種我難以忽視的防備，為什麼一個九歲男孩會傳達出這樣的訊號？我想起男孩的班導師在會談前曾向我說明男孩的日常狀況。

「這孩子挺聰明的，成績又好，只可惜孤僻了些。」班導師一邊唉聲嘆氣又一邊補充道：「眞不懂這孩子，一百分的考卷卻拿去折成花，怎麼問也問不出原因……」

這種類型的孩子同時兼具資優與自閉，既然問不出原因，代表他並不願意說，這種時候不如談些他感興趣的事物。

「你是不是很喜歡花？」在我問這句話的同時他的眼睛閃過一絲猶疑，我仔細地觀察男孩的反應。

「你都喜歡到把考卷折成花了，難道不喜歡花嗎？」男孩好像想說些甚麼，但他只是把拳頭握得更緊了一些，我繼續趁勝追擊。

「那你把考卷折成甚麼花呢？」

「康……康乃馨……」男孩走進這間教室以來終於開口說了第一句話。

「康乃馨好像都是母親節才會折……而且為什麼要拿一百分的考卷折呢？」我開始試探性地詢問，男孩卻只是低頭不語，於是我又接著說：「如果喜歡折康乃馨也可以拿其他紙，不一定要拿考卷……」

「不行……」

「不行？」

「一定……一定要……」男孩的眼眶開始泛紅，語帶哽咽。

男孩突如其來的轉變讓我措手不及，他的哽咽逐漸轉為啜泣，眼淚便也一湧而出，我一邊安慰男孩一邊幫他擦眼淚，男孩卻只是自顧自地哭泣，呈現我無法掌控的狀態。

而我只能從他斷斷續續的話中拼湊出一句我難以回應的現實。

「一定要用一百分的考卷……這樣……才能放在神明桌上……讓天上的媽媽看到……」

PART 03

此身，此生

林念慈（中文碩士班文學組四）

慘白牆壁上的燈號面板似乎永恆停格，紅色的LED燈凝結在三十八號，像是乾涸的血漬，倒也不是心理作用使然，是因爲妳已經盯著它約莫半個鐘頭，這期間護士小姐開了門又數度摔門，規律的急躁著，一邊快轉著說先去櫃檯繳費然後去二樓照X光照完X光以後去七樓櫃台排復健時間再回診間看報告；而遲到的陪同家屬開始在門後探頭探腦，試圖窺探病痛的奧玄，妳從偶然拉開的門縫間看見醫生的禿頭，彷佛若有光，忽然想起好友總說禿頭性感，這種獨特的美學並沒有嚇壞妳，妳也愛過頂上發亮的男子，那種隱喻的權威感，的確是某種型態的春藥。

「我這病什麼時候才到頭啊？」妳聽見老奶奶誇張的喟嘆，拉長了調，需要有人簇擁著勸慰她，然而醫院裡人人有病，沒病的離疾病亦不遠矣，沒有人把這段詠嘆調當作一回事，妳估量著老奶奶的年紀，知道她等待的不是痊癒而是死亡，知情的當然也不只是妳，所以大夥兒都裝聾作啞，任她在謝幕前獨唱一段。

電視上正播映著「素蘭要出嫁」，一個好好兒的女孩被壓力搞垮之後瘋狂起來，把一個家也搞垮的故事。母親聚精會神的盯著螢幕，顯得優雅又老神在在——相較於上次掛到一一七號，這一次至少是個進步——，妳低聲告訴母親，後來有個男孩會跟素蘭談戀愛，素蘭的瘋病因而暫時痊癒，母親提起鄉下的表姊也是這樣，那年五專落榜之後就「空神空神」，好在嫁人以後便好了。

「妳阿嬤講這是肖欲嫁尪。」母親的眼睛沒離開過銀幕，而妳從她的眼睛裡看到一個青春的希望和崩潰，素蘭的病最後還是埋下了炸藥，但表姊的結局不算壞，至少在軌道上。

此時有人突兀的站在妳跟前，嘴裡毫不誠懇的說著一長串愛心筆的悲慘身世，母親向來是以不變應萬變，照樣看著素蘭的命運持續崩毀，而妳的年輕使妳格外脆弱，妳牽動著嘴角，禮貌的拒絕了，男性天生懂得這種脆弱，更是肆無忌憚的纏住妳，不動如山的母親此時忽然抬頭，不冷不熱的看了他一眼，男孩中槍似的慌忙鼠竄，這份功力除了蛇女梅杜莎以外誰能辦到？總之母親很滿意，繼續回到故事情節裡。

迷途

妳也不知道時間過了多久，反正時間像漏水那樣，過得慢但用得多，在醫院若對時間認眞起來，倒凸顯了沒有生命重心的事實；反正妳更願意無視於等待的緩慢，冷眼看著號碼燈有氣無力的跳動。

連跳了幾號都無人應診以後，妳開始像在期待開獎般振奮，而後母親在艷羨的眼光中優雅起身，那姿態有點「承讓了」的味道，妳習慣性的要陪著進去，母親忽然按住妳，然後逕自步入診間。

「我不喜歡妳在旁邊看我檢查。」妳想起母親低聲的說：「眞歹看。」

那次妳陪她進行無痛的大腸直腸鏡檢查，行前照例要塡寫一些風險承擔書、同意書，妳站在粉紅色的櫃檯前感覺滿是悽涼，既然副作用和風險趨近於零，那他們要妳同意和承擔的是什麼？近三十年前母親生下妳，愼重的爲妳命名，難道只爲了老來讓妳簽訂這些沒感情的文件？妳想像著手上的筆是那管狡猾的麻藥，進入母親的血管，篡奪她的意識，或是那支叫直腸鏡還是腹腔鏡的，在母親體內迂迴的前進，然後醫生會在某次回診時，瀟灑的轉動椅子並輕快的說沒事啊顏色都很漂亮呀，妳一向不喜歡肉的暗紅色，無法理解何來的「漂亮」，更無法把那塊暗紅色和母親連結起來。

而「漂亮」竟還是最好的狀況。

那扇自動門闔起來時妳悚然一驚，單子不知道何時已經繳交出去，手上只披掛著母親的提包和衣物，妳研判母親此刻正按照醫護人員指示，側躺在床上，凸出裸露的臀部，成「く」字狀；妳曾問過母親是否會害羞，事實上是妳自己感覺困窘，只因暗戀過的男同學成了物治師，爲了避免哪天狹路相逢，妳於是想盡辦法要維持健康，然而昂貴的自尊在病床上徹底無用；每年公司強迫妳參加健檢，項目包含腹部超音波，妳那含羞帶怯拉下裙頭和解開內衣的動作，每每惹怒忙碌同時已無綺夢的物治師，他在妳軟爛的下腹草草推了幾下，就粗暴的宣判妳有中度脂肪肝。

或許母親此時已經昏睡，她向來多夢，不知道此刻夢境爲何，但說不定那夢裡半生已過，而妳在夢外，連半個小時也是艱難，思慮至此妳忽然很感激那管麻藥，至少，它給了母親三十分鐘的無憂無慮。

起初妳無法指認那女人是誰，母親從來沒有這樣潰敗過，她兩眼渙散，嘴唇半開，看起來像非洲大草原上渴死的野牛，妳甚至擔憂如果此刻有蒼蠅停在眼球上，母親是否會有眨眼的反應？然而那張半闔的嘴裡發出模糊音節，妳辨識出是妳的小名，霎時如走失的牛犢與母親重逢般喜悅。

這時護士小姐麻利的拉開半弧形的慘綠布簾，又脆又響的宣布待麻藥完全退去後即可出院，當下妳佯裝已恢復三十歲的行動力，先把外套覆蓋在母親胸前，然後在她耳邊輕聲知會要去櫃檯結帳，實則妳是不想面對自己無助慌亂的那一面；妳渴望從櫃檯回來以後，母親已經著裝完畢，仍是維修前的樣子，妳會和清醒後的母親挽著手走出醫院，穿越二二八公園後轉向博愛路，雖然因遊行而設下的拒馬攔在路頭，但行人依舊熙來攘往，而母親注意到櫥窗裡白色襯衫的標價，嘟囔著有夠貴不要看了，像是方才什麼事也沒有發生過。

一切都是從衰老開始的。

這樣說也許武斷了些，畢竟妳壓根不清楚母親從何時開始衰老。也許是每晚為母親按摩時，走廊上的夜燈從窗縫擠進房內，一半灑在母親的被褥上，另一半全冷冷的倒在妳的背上，讓妳感覺脊骨發涼，然而這揭示的仍不是母親的衰微，而是妳的荒敗；是年近三十的無言以對，功名遙遙事業未成而婚姻無望的單身女子，在那間光線微弱的小房間裡，妳，和，妳的母親。

妳就要過三十歲生日了。

是足歲，此後在虛實之間，妳都無法再狡辯自己的衰老，在農民曆的記載和任何法律文件上，妳的新起點就是不再年輕，就算有人試圖以「而立」來寬慰，也避免不了身體機能將逐漸下坡，摧枯老朽的事實。

每一天妳在小腿肚的抽筋中驚醒過來，還來不及進入狀況已痛到頭皮發麻，妳感受到妳所有的歷史都糾結在一起，緊縮著妳的咽喉與神經，然而妳無法進入身體自行梳理，爲了避免發出狂亂的哀號聲，只能緊咬著自己的手臂，齒痕安慰額頭上的冷汗，說，快過去了。

快過去了。

母親得知妳又抽筋以後不免又是一陣嘮叨，冷身擱愛呷冰水，到老妳就知苦喔，在母親的嘮叨中妳再度回春，變成一個不知死活的小孩，對這些忠言皆是愛理不理的態度，所以夜夜報應，左腿抽完換右腿，算是給天下慈母心的一點補償。

上天對妳不敬不孝的懲罰還不只這些，每到陰涼雨季，潮濕的心事沁入膝蓋，而引起強烈酸楚，中醫說過風濕是由於風、寒、濕、熱等外邪侵襲人體，閉阻經脈引起的，而妳堅持是因爲家族遺傳導致的，醫生堅持他的不置可否；但所謂專業亦無法醫治妳，就算妳在雨夜幾乎要哭喊著給我拿斧頭過來砍掉，還是無人可以根治；妳更氣的是父親不用經過任何法律程序，即自顧自的把這份病痛傳承給妳，而妳，還不能放棄繼承。

無比強橫的親情哪，總之妳的身體無意識的模仿著父親，他的熊腰虎背，

迷途

他的走姿與他的焦慮，妳以女體橫渡男性特質，揣度那個陌生的世界，因爲在言語和情感裡你們從未打通，連結你們的只有一堵牆，天長地久的阻隔著，父與女，父與妳。

後來妳就抱著這附業障之身行走江湖，十九歲那年老師對全班宣布妳就是告密者，妳終於知道說了又說說到口乾舌燥，還是無人聽懂無人理會的茫然；最終妳失去了學業，以及妳引以爲傲的語言，這段往事妳書寫了許多次，直到後來有個老男人說妳這是無意識的在博取同情，在自我鞭打，妳瞪了他一眼之後，把他當做最好的朋友。

其實從十九歲以後就這樣，妳丟失了自己，然後走上尋父之旅，這毫無邏輯卻縝密到無懈可擊，妳找尋年邁的男人，不老的情人。情人在，就對應著妳的青春，在他魚尾翻騰的眼裡，時光凝結在初遇的那一刻，妳以童女之姿，款款戀著，故而在他視野裡被特赦，許妳不老；然而這又不過是與他相對的結果，阿Q式的勝利，未免不公。

或許，這就是妳在更年期世界悠然自得的原因。

妳這寫滿都市惡習與罪孽的肉身書，在別人眼裡，竟還是條熱毛巾，熨貼著老情人深沉的額頭，撫平滄桑的歷史皺摺，他浸泡在溫熱的池裡，滿池煙霧

PART 03 ／散文

蒸騰，而他瞇上眼，極其迷醉。

也或者是他的名字讓妳痙攣，在連月亮也沒有的夜晚，他那象徵著某個時代和絕對雄性的名字，如藤蔓一般沿著屋簷攀爬，趁著夜色掩護，順著窗格一躍而下，溜進妳的房間，躡手躡腳的爬上妳的枕畔，以氣音呼喚妳，撫弄妳身輕易如指點江山，直至，煙花燦爛。

這是別人眼中，你們的倒影。

其實可以更清高的，自顧自且文藝腔的詠歎，你們在靈魂的高度早已經相濡以沫，然妳的身體聽了嗤之以鼻，它運轉妳的生命機能，而妳從來沒把它當一回事，甚至於抬高靈魂而相對貶抑它，最可恨的是，妳還要像唱歌那樣，說，身體碰不到身體，也算有情人。

妳無法給自己的身體一個合理的交代，但老情人卻準時且巨細靡遺的向妳匯報健康狀況，關於他的末梢循環、他的失眠、他服用非類固醇藥物而導致胃潰瘍、他切除了虎口的脂肪瘤等等等，妳呼喚他的肉身，而他以身之生滅相和，完全是以肉身爲妳說法。有時妳也忍住重度咖啡癮和茶葉病，只爲體會他因胃潰瘍而失去的生之歡愉，換妳身爲他身，怎麼不算終成眷屬？說穿了他便是妳夜夜的糾結，膝頭的酸楚，他的言說與妳的傾聽，不過是各自對著自己的虛空撒嬌；妳更心知肚明，除了那疊厚重的病歷，衰老的情人與妳走遠的青春，再也給不起別的。

妳想起父親從來不說自己的不痛快，只以巨大的沉默拒絕這個世界，以證明自己的不痛快，那夜他在急診室裡，依舊保持著一貫的沉默，對醫生，對你們。

頭殼讀冊攏讀到歹歹去，不知影變巧，難得說話時，父親就這樣數落妳，聽著聽著，妳也漸漸質疑起自己的腦袋摻了幾號水泥，難怪近來頭疼，疼得厲害。

妳在母親的腳跟擠上乳膏，推勻，看著白色的乳膏滲透進龜裂縫隙，然後以指腹揉壓，嘴裡有一搭沒一搭的說起今日所聞，而母親閉著眼，在妳的話縫搭上幾句。

有時說著說著，母親便睡著了，呼吸平穩幾近消失，妳就著窗外的燈光，注視著母親凹陷的臉頰和拔尖的鼻子，無法確定母親是否活著，應該是說，妳無法確定母親一直存在。每一次到醫院去，妳總是走在母親前方探路，焦急的步伐，想證明自己是個可用的女兒，然而在慌亂的人流裡，妳總會往後伸出手，等母親緊緊握住，美其名是怕媽媽走丟，其實，根本無關那些眼科骨科耳鼻喉科的指標。

迷路的是妳，一直是妳。

小時候去動物園看林旺爺爺，父母親跟著人潮繼續向前，而妳打算再看一次大象，竟然暗中脫隊，順著來時路往回走，結果是找不到林旺爺爺，別人也找不到妳；妳在售票亭前放聲大哭，賣票叔叔給了妳一把糖，試圖賄賂出妳的姓名和家長資料，妳把糖果全放進口袋裡，嘴裡還含著一顆，但仍無比防衛、謹慎的說：「媽媽說不能隨便跟陌生人講話。」

故意一使力，母親皺了皺眉以後緩緩醒轉過來，說她已經睡著作夢了，母親多夢妳是知道的，妳想那夢境裏可能是一個清湯掛麵的小女孩，孤獨的站在村外，村裡的小朋友都把她當作陌生人，母親的手緊握成小拳頭，不安的塞進口袋裡；山東伯伯堆著饅頭車進村，一邊吆喝著馬勒馬勒好吃的馬勒吻，村裡的小朋友一哄而上購買，母親的手抓的更緊了，她垂下頭，一個人站在黃昏的路上，直到路燈亮起，外婆荷著鋤頭從田埂那頭走回來。

「這世間喔，還是恁阿嬤對我尚好。」有時候，母親會天外飛來這麼一句，像是對自己人生的總檢討，從被窩裡發出的聲音悶悶的，妳無法接話，無法和自己的外婆比賽，說自己是世界上最愛她的人，只好不斷使勁兒，在那些

迷途

搞不清楚名稱的穴位上移動；母親沉默了一會兒，又唸叨起這幾天嘴巴痛到打不開，連吃飯和說話都不方便了，妳在心裡盤算著那間醫院的顳顎專科更好一些，其實知道，有口難言，並不容易醫治。

但又有誰的病是容易醫治的呢？

妳從母親的子宮裡，垂直感染了「村外人」的孤獨，此後便無法介入這個世界，就算妳每日每日在城市裡奔波，在經濟和學業上較勁用心，這世界也依舊冷眼看妳，即便微笑，也都只出於禮貌性質，而讓妳，更加更加眷戀母親的子宮；就算妳願意選擇溺斃在羊水之中，這世界也沒有回頭路可走，妳只能別無選擇的揮斬沿路荊棘，一直、一直走下去，然後宣佈實踐就是生命，道成肉身，色相盡除。其實也沒有那麼偉大，至少，妳無法唱那麼高的調子，但不論悲喜，妳的身體都爲妳佔據了位置，即便狼狽，也成爲一部默聲的史書，所以妳還不打算破除色相，就算孤獨，自己都在。

妳擁抱著自己，感覺身體就像一根巨大的燭，從青春開始點燃，在風中搖搖欲墜，在火光裡淚流不止，然而如此光亮，如此暖熱，使妳想起無相禪師燃指爲燈的事；妳向來短視，萬萬不敢對神佛發起這樣大的悲願，唯有小人物的心事，願以此身之悲歡，供養此生。

釀

何依庭（中文三A）

早年父母在外工作，打小與弟弟被寄留在鄉下老家，那時老家剛賣了田地，沒有其他生計，外婆唯一的手藝就是釀酒。是故，我們對釀造的流程、發酵的節奏乃至等待、想像的空間都熟稔於心。

某個隆冬晨起，外婆沒能起來上工，在床上可能是病燒的糊塗了，沒能認清我和弟倆，但倒也沒糊塗到忘記她的釀酒桶還是得日日澆灌，畢竟在寒天裡，溫度一向不夠，發酵已是不易了，更別提少了水氣濕度，說著說著就是挺掛心不住她那成桶成桶，正在醞釀、還未成型的冬火。

當時就是對弟弟厭煩得緊，他幼時臉蛋白白淨淨，眉眼雖沒全長開卻也不顯扭捏壅擠，小苞初發似的，而細嫩的兩條竿子腿，怎看都還沒我胳膊粗。明明也才差上一年，擺齊了排排站，身板個兒可不知幾哩遠的距，旁人看著還指不準以爲我倆差了四五歲不只。尤其他性子唯唯諾諾，做事慢半拍還老愛哭鼻

迷途

子，偏生人人都將他當作寶，沒由來的看重，所有人都不知所謂得要求我也將他擺第一，有事無事一向需要我照應，而我卻不知其中道理何在？平日雖不喜多了這沒用的小尾巴，但他也確實是我在老家唯一能處的對象，以至於尾巴無用卻也不能放任不管，無論好壞，合該都由我決定。

外婆叨念囑咐沒兩句我嘴上便漫聲應答著，暗忖與其指望弟弟那小身板不如仰賴我呢，何況澆澆水這有什麼難的？心底繞著自個的小九九。我提了空水壺就往古厝奔去，並沒打算搭理慢了幾拍子跟在身後的弟弟。

口中的「古厝」正是以前母親兒時的舊家，離現在的新樓房有段距離，還得穿過不知誰家的蕉園才能瞧見。大概鄉下地方的老屋子老聚落都是這樣的吧，小小幾條不成道路的小徑，都是人們串門子彎彎繞繞走出來的。

拐進到蕉園裡，也不需辨明什麼方向，只需沿著邊界斜切過會看到一溝大水，臨邊的土地本來就不夠平整，常常起伏不定、畸零犄角的，往往幾塊石塊或斑駁土磚就這樣散堆在那權充踏腳，剛以爲到頭了，目光順延拉去，又能看到疊疊突出的區塊，我總是半是小跑小跳著跨踩上去，出現視野中的便是那渠似的橫流。

現在想來我會說這是一溝大水，即使是長大的我亦難以輕易地一躍而過，想來對於還是孩子的我們而言，簡直可以說是條小河了。

不管不顧後頭氣喘吁吁的追趕，低首望進湍流激水，轟轟中強忍懼意和亟欲撇清的那點良心，我趕在弟弟前討巧得用壺嘴勾住對面開了一口子的鐵絲欄網，心一橫地、姿態醜陋攀借著力，出逃似地將對方遠遠拋在腦後。

傳統土角塊砌成的老舊平房裡，少了日常生活的痕跡反積上層厚厚的昔日過往，裡內整齊擺滿著深藍色塑料大桶，爲了保持足夠溫暖所以那些比我還高大的桶子上都得讓白花花的舊棉被搗蓋地嚴嚴實實。

我從旁廳拖了一把高凳，爬上翻起被子掀開黑橡膠蓋，將水徐徐澆落。這批早就灌養好些天了，此時一揭整個味兒鑽鼻而入，惹得我難受得眼淚都差點沒給逼出。

但爲了盡責完成任務，我仍努力一注注將水灌下，淚眼模糊中落後的弟弟這才跟上。天曉得他是怎麼靠自己穿越那行湍水的？明明比我更瘦小、更加狼狽卻還是堅持跩著我提水壺的手不放，一副躍躍欲試的模樣，三番兩次還想硬擠而上，擾得我心煩意亂幾次還差點失手。

只希望他能消停點別鬧我辦正事，眼睛還花著、手也開始發酸，雖然不放心也得不情不願得讓他試試。弟弟大概沒想到這次我居然如此輕易鬆口，樂壞得趕忙站定位子，我又給他打了一壺水來。

那八分滿的水其實也挺沉的，他幾乎是掛在桶緣邊兩手捧著水壺往下準備澆灌，可能也在忍耐發酵的重味，卻又掩蓋不了初次「掌壺」的興奮，身形開始有些搖擺，未料下一秒鐘，就見他直直往桶裡栽了去。

驀地我也給嚇晃了眼，但心底一小塊悄聲竊笑著對方根本是自找的。

不可告人的陰暗一閃而逝，腦子雖莫名空轉著卻還是趕緊踩了凳子上去看探情況，入眼的是我一輩子都忘不了的景像——弟弟拚命掙扎著想爬起來，身子已然轉了半個，一手裡居然還緊抓著水壺沒放，另手胡漫揮舞攪濁了原酒、翻騰起糟粕，不甚明朗的光線下，耳邊聽弟弟撲騰哭喊得厲害，那半個身子、半張臉像沉入融進了原酒裡。

後來的事就沒記清了，興許是我往隔幾牆的人家裡搬救兵，亦或是我就這麼奮力地將他拉扯上來，也可能是弟弟自己咬著牙撐著自己爬了出來的？只依稀記得外婆得知消息時簡直連病都給嚇好了，往後的好陣子裡也恨不得將弟弟繫在眼皮子底下，連眨眼都還得要摸得著影子才好。

我倒是將印象堪堪定格於剎那紛亂，是墜落而激揚而起的大片水花，沉墜的JKD拋勢頭如此自然，卻也如此具有份量，這才明白自己不應感到意外。目光遭到遮蔽是因雜質而混濁，以至於感官和腦子都不夠使，隨桶裡攪和、混亂，最末滿是厚重塵埃，原本嗆鼻的複雜氣味裡，卻漸漸有股清冽異樣地鮮明了起來。

老早就是含在口裡都深怕化了得寶貝著，又經此一難後年節間弟弟可想而知地格外搶手，不時被領去四處兜看鑑賞，亦是大人們最新的飯後談資，一手紅包一手糖的在親戚長輩們間轉著繞著備受關愛。幾杯黃湯下肚舅伯們也就這樣對弟弟你一句我一句的肆意了起來，起鬨著弟弟說經過「浴酒洗禮」後，如今肯定不一般了。

「不喝的不是男子漢啊！」、「對呀，這才是咱家的小子。」酒酣耳熱中，不知誰塞了杯「汽水」到弟弟手裡，不容推拒得吆喝著：「來，敬酒！乾杯！」

弟弟像是被團團圍困住的幼犬，由人戲弄，任人宰割。我默看著笑鬧開始脫序，彷彿隔著電視螢幕，雖認爲自己有必要留心後續發展，但細思到頭卻發現根本與自身無關。於是我一如既往地安然待在我該待的位子上，手裡卻候著一杯橙汁準備隨時出場解救，如同以往。

但我沒看到任何想像中的畫面——或許尷尬、困窘甚至不知所措。而事實上，弟弟只是靦腆得接過就不帶猶豫地抿了一口，不扭捏、給面子而且不愚蠢。不意外地，乾脆滿足眾人的要求，也無須他在多作演出後，我一面狐疑打量著弟弟一面逼近，不由分說地將他手中還剩大半杯的酒水兌了橙汁便一口飲落。

刻意、失態而且愚蠢。何時酒香即可失人理智？

起初澄澈透明的液體此時卻混入甜酸果汁顯得怪膩，香料壓不住原本的味道，說不清得撓喉，最初的一口像是爬過去似的，入口辛辣帶刺，尾韻卻短得抓不住，拖沓在食道裡的感受遠不比鼻息間的強烈濃郁。我想那抹似有若無的清香悄然無息地繚繞至今。然後，恍惚間似乎明白了——每個輕率以待的場景、無數不以為意的片段裡，那個瘦小孩子在吝於關注的角落獨自跨越那道溪障；在被揚波阻礙視線的輕忽中悄然質變，一部分沉澱，一部分同時昇華。

再之後呢，等到了開火蒸餾出的第一桶，這麼久以來，我第一次主動跟外婆討了碗試試。是啊，正是這已然熟悉的氣味。一貫中和維持的度數，說高也不比一般白酒、說低也不下食用料酒，只能說是恰當得好，感情兩邊的好處都給它佔盡了，醇厚卻不撓喉，綿香卻不發膩。舌尖粒上刷淌過也毫無澀感，入喉就是滑溜著直達胃袋底，雖然後勁說也不全是沒有，卻是從腸子開始緩緩暈散出來的醺然，不是那昏了的腦袋也並非脹了路經的感官，反倒是一種甘甜伏藏在所有基調之下——你以爲你自己發現了什麼新鮮，然後舒泰得醉了醒了才知那勻勻的節奏其實從沒變過。發酵後的產物令人掩目嘆息，卻不單單爲了這口醇烈。

兩棲

袁仁健（中文二C）

草叢小池，青葉搖曳，夕照中微風掠過湖面，原本像情人緊緊依附葉尖的水點，忽爾像懂了離別的暗示，墜落。圈圈漣漪。青蛙躍出之時，頭顱撞破了那顆水滴，水滴旋又化成肉眼難見的細點四濺。

定格。這是操縱時間的科技，螢幕凝固著青蛙爆發的一瞬，停在半空，向著前方草叢泥濘伸展的身軀。動物頻道，英文旁白專業詳盡講解青蛙的兩棲特性，以及牠在困境中如何求存的諸種問題。

其實我對青蛙存活的困境並不關心。定格於此，我企圖從影像中求得答案，一個常常纏繞心中的謎語。謎語：牠在出水與著地之間，包覆身體的濕潤於風離散，又還沒抵達陸地之前。此刻。我想，謎題本就不存在，只是人把它在結尾加上問號罷了。

到底，身處兩極之間，牠是如何適應這種差異，又會否不捨陸地的厚實、水中的涼爽？

雙眸牢牢注視瓶中的蜘蛛，靠住椅子，我以單手撐著下巴，從安穩溫馨至陌路鬱抑的外界轉變，不作一語，我學懂了沉默是保存力量的秘訣，像蜘蛛無言的爬行。

曾經頹喪如此。昏暗的光線，映照出發霉的牆壁，我困在斗室，有生以來住過最窄狹的房間。窄狹得在單人床、書桌、木質衣櫃之間，僅餘下一條狹小的道路通向房門。這條狹小的路，又掛滿了濕淋淋的毛巾，不敢放在廁所，我在苦等它們無風自乾。不足三步之距，房門朝著全屋唯一的廁所。

也許這些不堪都源自於我的遲行吧？最後才決意來台。在香港機場與親友告別，人生首次乘搭飛機，短短一小時卻意味我橫越了兩地，由熟稔到陌生的轉變。

烈陽高照，汗水把皮膚和衣褲粘得緊緊，手拉行李箱，脊有背囊，我在淡水公車站等待公車。淡水捷運站的石壁紅牆頗爲古色古香，遊客處處，但從桃園機場至此地的疲憊，早把我的閒情鎖上。

負責租屋的人領我到住處，大門一開，大廳森暗髒亂，地板滿佈灰塵，鞋子呈不對置的形式四散，沙發處還有一隻襪子吊在邊沿。「你有兩個室友，一

迷途

會他們便回來了」，大門關閉的聲響。如今我才知曉，這短短幾秒，揭示了在此居住的兩大問題：環境、室友。

室友比我早來了幾天，似乎對髒亂毫不介懷，相形之下，我是麻煩的潔癖病患。自我催眠：與惡人居，如入鮑魚之肆，久而不聞其臭。共用廁所，陌生人的恥毛無法避而不見，更有甚者，他們把不沖廁當作豪邁的大丈夫所爲。臭死了。我與二人約定每人輪流一周清潔、打掃客廳，「這一次先由我來開頭，畢竟乾淨的環境也是很重要的，對嗎？」室友欣然諾之。揮筆於白紙寫上「如廁後請沖水」，貼在馬桶上方的牆壁，以作提示。

結果，他們連一次也沒兌現自己的諾言，且堅持不拘小節，不受區區幾字所屈服。

異地生活迫出怨恨。有次，我在房間休息，聽見廁所傳來細微的哭泣，定神細聽，除了哭聲，似乎夾雜詛咒他人的句子，語氣淒厲。我忙於日常雜事，遲到令我要追趕丟掉的進度，沒有半絲憐憫，只恐他隨時破門而入，持刀傷人。往後日子，常常聽見他自言自語，我漸漸慣於鎖緊房門。

我漸漸慣於鎖緊房門，要事之外，絕不離開房間，亦無意與室仇交往。異地孤身，室仇難堪，困於斗室的狹窄，寂寞飼育了我，我豢養了蜘蛛。蜘蛛身體僅有小指頭的一半，我窺見牠在白牆爬行，黑漆一點，被我以空保特瓶的開口圈住，輕輕一搖，跌落底部，從此關入牢獄。

把牢獄放在書桌，我不時看著牠沿著瓶內繞圈，牠知道這是徒勞無功的事嗎？默默注視，耳邊又傳來暴躁的腳步聲，瘋狂中雜以邪戾的語氣，聽久了，甚至誤以為那是從我喉嚨中發出的怨言。我唯有把門關得更緊，隔絕外界任何粘起煩擾的蛛線。

本應不堪回首。這初來乍到、身心折磨的半年，我卻在往後偶而孤寂苦悶的異鄉年月，常常，蜘蛛想起了我，連連敲打象徵的門，彷彿那在幾天之後僵死的屍體，靈魂棲居到我的內心。閉上眼簾，撐著下巴，心中自感安穩，牠仍舊徒勞無功地爬行，與我的默默注視相伴。

「你——有覺得香港和台灣有什麼不同嗎？」這是在台偶遇香港朋友，必然會提及的共同話題。捷運、學校、餐廳、舉凡見面又恰好百無聊賴話題諸般皆被耗盡之時，尷尬的敏銳迫得我窺見連繫彼此的一問。問得多了，句子往往以斷裂殘章呈現，缺乏系統，像是永遠填不完的無底洞。

調笑，在耳邊盡是四聲的國語，以略帶生疏的粵語談天，九音起伏，顯然

迷途

與旁人不同。他者用好奇的眼神掃瞄，耳門探測出陌生的聲波。在外地說著母語，似是喃喃唸出僅是你我知曉的咒語，而所談卻限於家常閒話，突兀中生出滑稽，我們借笑聲化解咒語的魔力。

嗨，你記得香港的地鐵月台嗎？（哈哈，當然記得！像是銅鑼灣這些人潮不絕的地方，這些地方的地鐵月台眞是有如戰場衝鋒陷陣喧嚷擠迫啊。）月台相對，右邊的車卡開了門，等待乘客入內，隔了幾秒，左邊的車卡到站。裝滿沙丁魚罐頭吣的一響，或跑或跳或衝各個奧林匹克運動員湧來，只爲爭一個位子。

（這是台灣捷運看不見的奇景。）你看，捷運的博愛座眞的沒人敢坐呢！台灣朋友告訴我，就算累得要死也不會坐，全因周遭的道德壓力會使人如芒刺在背。（香港就不太會有這種顧忌了——至少博愛座都坐滿了人。別人可以批評香港沒愛心，但我反而會說，香港人善於物盡其用，有位子就先坐，眞的看見有需要的人才讓位嘛！）

我最喜歡台灣的地方是便利店。（這麼大的便利店！什麼都可以買，甚至連關東煮也有——最重要是居然有座位。）哈哈，在香港要爭半個位子也累得要死，台灣隨便找個地方都可以舒適安坐。

台灣人講話眞的溫柔得多，這是錯覺嗎？（我聽得多了，發現他們說話會加很多助語詞，像是喔、啊、呢。就拿天氣做例子，台灣人會拉長語氣：「今天天氣好好喔——」而香港人則會短且快：「今日天氣不錯。」）沒錯！

眾聲喧嘩。謎語引出諸多紛歧句子，句子再多也是曖昧。唯有化成謎題，始能拈出了心底最爲切要的拼圖。

室外流連，燠熱潮濕，似是感到全身混濁，快要透不過氣了。我和他站在狹窄的便利店，各手持一盒凍檸檬茶啜飲。他是在台唸哲學系的朋友，在台灣少有相見，暑期回港，才驚覺彼此錯過，遂約出來一聚。

算不得上熟稔，我窺見那個連繫了彼此的話題迎面走來。遭逢相同的處境，發生過相似的事情，才會有此刻相聚的緣份吧。

「如果將香港、台灣稱之爲兩個世界的話，那麼，當我們乘坐飛機穿越兩岸之時，能否說是於兩個現象界之間遊蕩？」哲學友人如是說。有時候，語言是多麼奇怪的媒介，我不太理解他的用詞，卻深刻體會到此問的重要。

人活著，眞正所觸碰的世界其實極之有限、狹窄，廣闊地圖反是一幅抽象畫。飄飄何所似，天地一沙鷗。兩岸穿梭，割斷了具體觸碰的連繫，個體浮移於兩個世界，遊蕩之間，又會面對什麼困境，又能否從容自在地棲身兩地？這

迷途

是屬於遊子的命題。

定格於此，我企圖從影像中求得答案，一個常常纏繞心中的謎語。謎語：牠在出水與著地之間，包覆身體的濕潤於風離散，又還沒抵達陸地之前。此刻。我想，謎題本就不存在，只是人把它在結尾加上問號罷了。

到底，牠為何能沒有半絲猶豫，縱身兩極之間，仍如斯灑脫堅定地躍於半空？

冬至。冬至之後，淡水的雨連綿不絕地墜落，幾無間斷，破碎聲與時鐘的滴答共鳴。已經一個星期有多，我在撐傘前仰望天際，灰燼彷彿灑落於眼眸，看不清這場突如其來的雨季到底還要糾纏多久。

「你會想家嗎？」朋友傳來問句，在螢幕右下方閃爍，不休如雨，若果我不說出答案，它將成為恆久的疑惑。然而，我該怎樣回答？這看似輕描淡寫的句子，其實內藏更深的意涵：你，有鄉愁嗎？

鄉愁，聽人說得多，但到底什麼才叫做鄉愁？來台以後，異鄉人的口音成為了我獨特的標誌。新知舊友，總會以不同的方法，詢問相似的題目，萬變不離其宗，最終指涉的，是於我迷濛的鄉愁。看得不清，旁人卻總問得確切，總比我更加清晰。

既然迷濛，我只能冷淡。他者寫得再動人的文章，說得再悅耳的故事，都不能打進我的心底。我輕輕按鍵：會啊！這是我自私的偽裝，裝成愁眉苦臉的遊子，演出一場眾人滿意的劇目。有鄉可想，縱然無法回去似乎都值得原諒；假若我是無鄉之人，無疑是悲哀的事。

大一暑假，我抱著歸家之心返港，卻彷彿無法享受家鄉急速的生活。亞洲步伐最快的城市，像一輛在荒野急駛的火車，匆忙之中，如果沒握緊機會跳上去的話，意味永遠失去回家的機會。我跑，跑得再快也比不上火車的轟隆之聲，氣喘連連，汗流浹背，火車超越視界，原來我甚至不懂把握躍起的時機。

少小離家老大回，鄉音無改鬢毛衰。兒童相見不相識，笑問客從何處來。

小學課本的詩句，老師講述意思，不能令童稚的我了解到此一希望幻滅的悲哀。古今之人，莫不以爲牢固不易是家鄉的本質，與許這天眞的想法必會遭逢災禍吧。當時間之河流轉，天會破孔，地會枯裂，鄉會變成異鄉。曾經，多少人嘗試回去中國大陸尋找失落之根，回去，只因誤以爲一切都像離別前的溫馨親切，只因誤以爲只要抵達一地足能安身立命。啪。現實刺破了暴脹的氣球。

當世界都只是一連串變化組成的影像，影像變化得如此無常、失序，我又

迷途

怎能渴求把畫面定格凝固，又怎能企圖把家鄉昇華成固定不改的信念？與其有虛妄的希望，我寧願面對眞實的悲劇。

香港有雨，朋友傳來訊息。雨像垂死掙扎的魚，翻騰之間濺出點點水滴，站在旁邊觀看的眾人，免不了沾濕身子。風挾雨襲，無所不入，即使躲到室內，依舊以濕氣附加在呼吸。錯覺鼻息化爲煙霧，還沒到這麼冷。有些日子是不適宜想家，當不能回去的時候。然而雨像垂死掙扎的魚，知道牠很快會靜止不動，有如死灰。卻還在動。台灣有雨。

陽光漸現，柔柔掩蓋桌面的白紙，偶而搖曳得像一匹隨風而動的絲綢。我注視著筆記的字跡，幾要撕書而嘆，五內翻騰，連忙轉看窗外的枯枝，枯枝無葉卻又暗藏生機。那是在上「蘇辛詞」的課時，講到東坡詞的一句，隱隱觸動我心，連忙把它抓入筆記，收爲魚穫。

直到下午，始有時間細細翻開自己的心頁，找出契合我匙的大門，通向幽微小徑。注目良久。原來，原來我一直都是遲行的人。

小時候，和哥哥在廁所中玩鬧，他先行跑出廁所，我鼓足全力追趕一躍。翻身。我倒在地上嚎哭，雙手緊緊握住自己的左腳，十指痛心，神經尖銳的刺痛由腳指尾傳至大腦，我喪失思考，只知哭叫。衝刺的尾指撞中了門檻。媽媽背著我乘計程車到醫院，醫生說：骨斷了。

三個字，預告人生緩行的起始。留醫近兩個月，缺席代表了學業的空白，留級代表了脫離同行者的步伐。終其一生，我只能看著他們比我更早一步走入社會，更早一步面對更多比考試煩惱的問題。永恆差距：比起同學，我顯得老成；比起同輩，我顯得幼稚。

就醫期間，我穿著配合腳形的特製鞋子，最初踏出的每一步都伴隨著不穩、搖擺，沒有失落，沒有氣餒。童稚的心，其實從不想過諸種現實問題，只覺一切都是鮮明，斷了一根腳指，卻似推開了另一個世界的大門，以好奇的目光打量，一拐又一拐的腳步自在前行，只懂期待未知的風景。

年紀稍長，才驚覺要急起直追，我只求把丟低的進度通通追趕回來。一雙手，僅可捉緊一雙手所能捉緊的事。抓得太多，多得連原本的都跌落地上。學業不順，重讀一年，輾轉來到台灣唸書。再次遲行，注定我將會被拋離在舊日世界之外，歷經兩個世界的拉扯吧。

若然常規所定義的「根」是出生之地，那麼我早已超出常規了吧。如此，我該能爲自己許下詞彙的定義，定義從真切的人生提煉而成，至少比字典的套

迷途

語契合人生。

萬里歸來年愈少，微笑，笑時猶帶嶺梅香。試問嶺南應不好？卻道：此心安處是吾鄉。

筆記字跡，警醒了我一直以來感到迷惑的原因：不是兩岸環境的轉換，而是內心與外界的矛盾掙扎；不是如何棲身兩地，而是怎樣棲守己心。

當人離別孕育吾身的母鄉，啼哭不捨，幸好，與生俱來的心靈之鄉從不缺席。都市也罷，自然也罷，烏托邦本是編織而成的幻夢氣球。即使外界有多麼理想，如若不能與自己的心共處，只怕目下所見仍是處處苦難、四野虛無。東坡〈定風波〉的女子從荒蕪之地萬里歸來，羈旅苦困，她卻輕描淡寫地笑言：只要我能與己心相安，無地不是可供安頓的鄉土。

草叢小池，青葉搖曳。青蛙躍出了水池，引起以牠為中心的圈圈漣漪，牠在半空中迎面投入一束陽光，伸展的身軀如子彈似閃進草叢，逆風衝向一片泥濘之地，消失不見。

解除定格。我拿起了門匙，旋開門柄，覓到內心深處的謎底。原來牠之能灑脫進出兩地，只因牠知道真正的棲息之所，不是泥濘，也非水池，而在自己的心。只要學懂棲息於心，也就知道如何面對大千世界的變幻無常、破敗不堪，依舊能安穩棲身於大地。

我將以曾斷骨的腳指，邁出堅定的步伐。台灣也好，香港也好，其實，都是我的家鄉。

我找到了你的影子

吳貞慧（中文二C）

我找到了你的影子，一個沒有你的樣子的影子。當你遇見女孩子時，含蓄、害羞的眼睛，不停在眼框裡快速轉動的窘迫，每一次想起都讓我忍不住笑出聲。那個沒有你的樣子的他，有雙會說話、有靈魂的眼睛，他的眼神隨時準備好勾人心魂。當你想惡作劇被我逮著正著時，在我面前爲了掩蓋，露出的緊張笑容，這也是你最大的破綻，你尷尬的笑容一露出我就知道你在想什麼。而他在一個素昧平生的陌生人面前就能從容交談，態度大方自然，還有豪爽的笑聲，他對女孩子特別有一套。

但是，他沒有你有的。你時常環抱著我的腰，開心的聽我因爲驚嚇而發出驚呼，接著你就抱著我旋轉，彷彿這樣旋轉著，我們就會自轉到另一個屬於我們的國度。我常說，你的力氣奇大如比，以後要幫女生提重物。而你總是扳著臉說我太輕了。但我知道你不會對我生氣，你換個說法的要我多照顧自己。你愛我，絕對而純粹，卻也無法再找到第二個人可以完全像你一樣了。他有你最後還殘留在我這的，他和你一樣，喜歡拉著我的袖子拖著我走，即便我們第一次見面、第一次遇見，而你總是在我獨自生著悶氣不肯往前走時，你拉著衣袖甚至勾住我的胳臂要我跟著你走，不顧及外人是否投射著怪異的眼光，也不管這樣的舉動會不會讓人誤會了我們的關係。即便你和他都在我袖子上留下了大膽與主動，但卻還是不相符的印記。

我知道他不像你，不論外表、個性、習慣、語氣、聲音、眼神，以及種種，你們都是單一個體，甚至相差甚大。但是我還是把他當成你，當成你行走的影子。

在你百般要求，不諳水性甚至畏懼水的我，最後終於答應你了。第一次，我們獨自去海邊遊玩，拋去生活的壓力，課業的重擔。但也是唯一一次，從那天之後，你離開我了。我們還不了解那片海域的潮汐、漲退潮時間，於是在一波波的浪潮越起越大，我害怕、不知所措之際，海浪將我往更深遠的海洋拉去，當我沒入海水裡最後一幕畫面，一個隱約的身影，奮力地朝我游過來。再一次睜開雙眼時，純白的天花板、純白的日光燈、純白的布簾，純白到有種詭異。看著母親哭腫的眼睛，勉強擠出微笑的臉孔，我突然聽不見聲音，一陣耳嗚龐大而劇烈的往耳膜敲擊。母親的激動的嘴型，眼淚像雨水一樣，一顆顆不斷地往下墜。我努力回想著在海邊最後一幕的那個人影，我努力在腦海裡放大又放大且不模糊失眞下，那張我最熟悉的臉，是你。當思緒拉回現實時，耳鳴也頓時停止，這時母親的口中也衝出一句話：弟弟死了。

從那時到現在，有一段記憶是空白的，我忘了當下我究竟是痛哭流涕而無法控制，還是一滴淚都沒掉，情緒是徹底失控，還是過度理智，那段日子像是不存在，卻眞實的在時間流轉下紀錄著。記得和你出門沒有人相信我們是親姐弟，你總會搭著我的肩回答：我是姐姐的護花使者。那句台詞已經不再有人說了。

在我上了高中第一次和心儀的男孩子約會，我穿上了連身裙，還有細根的高跟鞋，即便你和我朝夕相處，也不曾看過我主動換上裙子，也許因爲從小的玩伴就是你，讓我直到高中才意識到我還是個女兒身。我從房裡走出，踩著因爲不習慣高跟鞋而不穩的腳步，你看著我笑得好燦爛，像一朵朵煙火在你上揚的嘴角綻開，但這樣的景色在我重心不穩險些跌倒時瞬間熄滅，你衝上前攙扶我，要我換上布鞋再出門。爲了能夠在喜歡的人面前表現最完美的一面，我堅持不肯換，還和你大吵一架，在我臨走前你叮嚀我要坐車回來前打通電話給你。

走了一段路，我開始後悔沒聽你的話了，第一次約會的興致在腳跟的破皮、腳趾的紅腫及水泡的疼痛還有小腿的抽筋全都破壞了，我們草草結束了這天的行程，我所喜歡的男孩子仍然很有紳士風度的送我到搭車的地方便離開，沒多久你出現在來來往往的人群中。一看見你，我眼淚不停地流下來，急促的呼吸讓我差點換不過氣，你帶了件我的短褲，扶著我去廁所穿上。我一跛一跛地走出，你背對著我蹲下，示意要背我回家，我勾住你的脖子、趴在你的背上時，你起身，仍彎著腰，小心翼翼的將我的高跟鞋脫下，直到回到了家，你才將我從你背上放下。最後那段喜歡也無疾而終，但你也沒說任何一句話，只是當我們每每想到那一天，你總是會給我一個擁抱，緊得讓我有點疼的擁抱。

從你離開後，我開始每天穿高跟鞋，看著紅腫、長了水泡又破的腳趾頭，想著哪天走不動時，有誰會背著我？我也越來越瘦了，撩起衣服時根根排列好的肋骨隱約可見，即便吃不完的餐點現在我自己獨自吃完，已經沒有你能幫我處理了。當初在腦海裡構想的，轉圈就能到達另一個境地，眞的實現了。在浪潮裡，你跟著海浪翻滾，你獨自自轉到新的國境，你忘了帶我一起走。而我怎麼旋轉，這輩子也無法轉到你身邊。

迷途

從你留下我之後，我一直在尋找你的影子，每天低頭的找尋，找了很久之後，當我抬起頭來，我發現整個城市，每個人都有一點點你的樣子。在我身邊周旋的男人，每一個我都仔細的端看，觀察哪個人和你一樣，哪個人和你最像。我尋覓著能夠像你的人或是能夠和你最雷同的人。與其說我找尋你腳下的影子，不如說我把你當成模型，你就是雙玻璃鞋，我找的是能和你吻合的人，吻合的完美無暇，還要沒有一絲差異，最後才能當成似眞的你。

從那之後，我的感情賞味期限越來越短了。沒有一段超過三個月的戀情，每個男孩子都有個共通點——像你。一旦遇見更像你的人，便草草結束現階段感情，追求那個更像你的人。但，其實歷來的每個男孩子都和你相差一段極大的距離，我只是將那些稍微雷同的細節過度放大，其實我心知肚明。只是我還是執意如此，且不悔。像是一種塡補，塡平遺憾與不捨腐蝕出來的破洞，卻是事與願違，越是塡滿，掏空的就越多，遺憾及不捨越往更深遠的地方蔓延著。

那個和你不像的，但我還是當成是你的他，我最後還是沒有因此愛上他。沒有像以往看見某個相似的特點，像一股電流竄流著全身然後展開第一次相遇就一見鍾情的肥皂劇情段，也沒有因爲日久而生情，最後產生了點感情。我們沒有相愛，也沒有在一起，但是我還是把他當成你，暗自在心裡替他掛上寫著你的名字的名牌，假裝其實你還在，一直都在，假裝至今還仍有你和我之間的姐弟之情，假裝其實你只是去遠方旅行，總有一天我們可能會再見到面，假裝好那些不得不假裝才好讓我安穩的過著每一天，甚至過得更好的假裝，讓我還沒有辦法解脫或死去的傷痛，可以繼續假裝，假裝是假的，假裝不存在著。讓那些假象，假到不留痕跡，讓人不得不深信，讓那些眞相，眞到處處破綻，讓人不可能相信。

我想念十八歲的你

廖敏兒（資傳一）

二樓那台木製的針車，是媽媽與爸爸結成連理的時候從外婆家裡帶過來的。

它代替外婆牽著媽媽的手，跨過了將近大半個世紀的光陰，從結婚生子，到抱著孫子，由始至終，就像一個母親溫柔的陪伴，在流逝的歲月裡，靜默無聲卻又愛意滿盈。無可奈何的是時間像沙，它的身軀每一年都會被塵埃密佈，卻又每一年都會被擦得錚亮。

反複間，家裡有好些個人都走了，有的人走得一頭不回，好像世界的另一邊就是天堂；有的人走得近一些，一年回來兩三次算是多了的；而有些人則像是這個家的門神，不離不棄的守著，爲那些遠走的人們守著，一如既往的守著，好像只要是等著，他們就一定會回來一樣。無論是現實還是夢裡，親情的羈絆永遠都是個打不開的結。

家裡那台木製針車也跟所有人一樣在一日日的生活里產生了變化。在後面的日子裡，它的塵埃好像積得更厚了。興許這是孤寂的產物，我無從細想，因爲，本質上我們本就是同類，夜深人靜，被寂寞消費。而後的好幾年，我再見它，仍會想起多年前那些枯燥機械的日子，滿地的演算紙、課本、文具、習題本和躺在地上那個頹廢的我。不得不承認，時間就是這麼流失掉的，在我實踐遠大理想的過程中，分數彷彿就像是一個信仰般的存在，而我更多的是像一隻供奉在祭壇底下的待宰羔羊，在無聲的歲月裡，一步步地變得面目全非，再也找不回當初那個稚嫩的她。

忽然有一天，在同樣地百無聊賴準備考試的日子裡，馬來西亞的天氣只有更熱沒有再熱。我躺在二樓的小客廳，手邊是一本半個手指厚的中國曆史課本，明天小考第四章到第七章的問答題。此刻我還無心複習，四章的問答題的答案，那該是多少張A4紙才裝得下？陽光下的灰塵顆粒在飄，我的視線也在飄，我跟著它們一起飄，好像這樣的跟隨，明天的考試就會跟著飄到很遙遠的地方，不用考試，對學生來說，不，按現在的流行來形容，眞眞是一件值得點一萬個贊的事。

忽地，一只半透明的樹脂盒子跳進了我的眼眶，打住了我不切實際的想像。我將它在手裡把玩，盒子裡的世界在翻天覆地，盒子外的世界一切如故。風在吹，陽光很豔，而人，無心考試。盒子里物體碰撞的聲音很清脆，我將它打開一看，是鈕釦，好多好多，鈕釦。媽媽向來有收集鈕釦的習慣，按她的說法是讓那些脫落了以後的釦子可以有個家。以至於在後面積年累月的日子裡，那台針車的肚子里除了有繡花針、各色線筒、別針、大大小小的針、量尺、剪子，更多的是各種樣貌與色彩的鈕釦。它們來自不一樣的地方與年代，有些是塑料做的，經久不衰豔麗依舊，彷佛歲月絲毫不曾傷害它；有些是金屬制的，經不起時間細水長流的推敲，圓潤的邊邊角角終於銹跡斑斑，不復當年風華。

今年年初，媽媽一件新衣上的釦子被頑皮的外甥扯掉了，滾入車里的腳墊不知道哪個地方，她讓我去撿出來保管好，我點頭應下，許是耳濡目染，我偶爾也會善心大發，讓落單的東西有個家。那釦子是塑料做的，寶藍色，圓圓的，在陽光下折射出一種沒有生命的光質，尾端的洞眼連著一條斷裂的白線，隱隱地像是在訴說著一些什　。後來，我將它也放進了那個樹脂盒子裡，偶爾經過的時候看看它，安靜地躺在一堆形貌各異的鈕釦中，不卑不亢的樣子，我想，呵，它跟我還挺像。

媽媽說釦子與釦眼是天造地設的一對，我倒認為絲線才是釦子的真愛。

它們曾彼此攜手共同扣住了一段時光，那是一個只屬於它們的短暫而靜美的時光。但結局並不是童話中一般唯美的樣貌，釦子終究留不住絲線的眷戀，鬆開了彼此握著的手，跌落在冰冷的地面，等待人們前來救贖；亦或就這麼被無聲匿藏在某個暗無天日的角落，被命運所淡忘而後遺忘，彷彿未曾來到。一段才剛萌芽的悸動，就這麼被捏死在不知誰的手裡，戰慄后心中只剩下對光陰的敬畏與不可抗力的無奈。

人又何嘗不是這樣呢，悲歡離合，陰晴圓缺，不過都是那時間老頑童搗的鬼。

光陰在往後延伸，像魔鬼的觸角，而恐怖的全國統一考試則猶如世界三戰，彷彿像是一戰便定了生死，我被趕鴨子上架，不得不戰，只好背水一戰。只有經歷過才能切身體會，世上哪有感同身受的事。人有能力是一回事，而比能力更重要的更多的是一種機緣，機緣與能力相當，結果便是好的。於是那一年，我把一些與我沒有機緣的科目給我帶來的遺憾留下了，連同多年來被分數撐起的傲氣，一併留在那個年少輕狂的十八歲。帶上謙和而平凡的面具，轉身投入于另一個似懂非懂的領域，用閒散又頹廢的模式，磕磕撞撞地摸索，那所謂的大學生活。

迷途

大學教授剛開學那會兒說過的一句話，就像一個耳光，不輕不重，卻生生把坐在神聖的大學殿堂上玩手機又走神的我給打醒了。人一生中最有爆發力的時候永遠都是年少時期，有憧憬，有衝勁，有志向，有理想，爲追夢，苦得甜。一直到現在我都這麼覺得，我的一生中，再不會有另一個那樣的自己了。那是一個只屬於十八歲的她才擁有的正能量，是現在的我所羨慕而不可得的。迷途，最終還是成了我的歸路。

當赤道留住雪花，眼淚融掉細沙，你肯珍惜我嗎？

歲月，你肯珍惜我嗎？

PART 04

迷途

糖罐

宋永泰（中文二C）

坐起身，模糊的眼框替世界染上一層灰；
那是個沒有溫度的夢。
記得當時我們還小，
妳常拉著我的手，對我說那些：
充滿光和影，熾熱的未來。
車子會浮空；人不會老去，
一切夢幻似的生活。
我們將會是蜂、會是蝶，
沒有任何一股氣流，
能夠使我們跌墜。

專家說：「這是好的。」
思想便裹上石膏，在體制中僵硬冷卻，
打碎後拌入鍋爐；
餘下的熔渣鋪成一條平坦的街。
走在街上，白色的樓是方糖，
天空中沒有藍，那是層玻璃；
我們都被骯髒的糖罐所豢養。

有許多無形的手堆砌著糖磚，
豎立一棟棟蔓延出瓶口的高樓。
吊車掛起成噸的利益，浸入資本家的杯中。
「不夠甜！」早已麻木的舌這樣說道。

我們是匍匐的蟻，
在機器中工作；在滿是糖的城市勞動，
用生命創造出結晶；

迷途

「鹹的！」那是沒有養份的汗與血。
交雜的氣味向外延神，
我們嗅著、在管線中重複移動，
期待哪一天能夠拾起屬於自己，
撐起夢想的翅膀。

坐起身，拭去眼角的淚；
世界仍是灰的，沒有翅膀；
我已經不再有夢。

我知道妳也聽說

蔡易修（中文二C）

我知道妳也聽說，島嶼暴民的行動已目無章法
切割利益的屠宰場，
現在已隨我們論斤喊價。

我知道妳也聽說，我們從小被教育
盲從　對於現實世界、政治
我們選擇自我埋葬　笑口閹割
權益，早就不在自己身上。

我知道妳也聽說，一群
人　追逐著日光，

迷途

期許真相逐漸
明朗　照亮島嶼
如同天光。

我知道妳也聽說，太多謹慎地我們選擇
漠視，任由鑷子將我們
任意取捨如同　法碼。

我知道妳也聽說，當他們關起門來
對議　信口推出你我成為
籌碼。

我知道妳也聽說，價值亟欲重建。
複雜的問題，不如
維持　現狀。

陣痛

林念慈（中文碩士班文學組四）

妳在那條路上行走著
世界中心聳立著巨大的男人
他們昂揚著唯一的法律
以自己為圓心定義周圍的陰影
而妳依舊走著
依舊那麼好整以暇的走著
順路丟掉妳的高根鞋和紅指甲
說真的武器一點也不美麗
沒有敵人那就裸著吧
即便時間梳弄妳不染的髮
地心勾引妳還未垂的乳

迷途

妳仍赤足
舞在那條漫漫無人的道上
呼應著整個宇宙的綿綿調情
自顧自的在史前高潮
誰也不打算通知
要閹割妳的想像　他們揚言
忘了妳赤手空拳妳的一無所有
他們更害怕的是
妳不再堅守那座冷冷的宮
不再種植百合
不再吶喊我的天哪
他們不知道的是
妳仍然清潔與布置
仍然無比溫柔的等待
等待一陣尖銳的隱隱作痛後
鮮血淋漓的雙腿之間

秘密地撕裂妳
一次一次的撕裂
直到誕下
自己

河岸日記

曾貴麟（中文三A）

最薄的日子回到正被繕寫的現場
分隔線疏通時間，將歲月緩緩攤平
書寫時的氣候裡正行光合作用
你有權保持沉默，但所有傾訴與洩漏
都將成為證詞，真相在字語與記憶相辯

紙頁裡擬真的風景，彷若寧靜昨日
盤點日月星辰，視線直指向光
先有耳朵，然後音樂自遠方而來
觸覺緊跟情慾，隨後擁有最深情的
肉身，似百葉窗讓萬物通過自己

抵達河岸，水草與季風是年輕的典故
給予最親密的暱稱，初創信史
像幼童時識字學會命名

孩子們徘徊在各自的草坪
各式心事被他們紛紛領去
形而上的抽屜裡收齊秘密與細節
摘錄自敘述時的霎那（我與小孩在自己任期內
豢養時光，直到誘餌飼育出求知的飢餓）
直到召喚你前來，暖開嗓再次唸讀詩作

回到舊地，像那天一樣在河堤度日
任何安排都是象徵主義
有人寫生，有人戀愛，有人因長年日曬憂傷了起來
愛過的人留下暗示的短句，吻與手勢是喻依
後人緊跟光影翻找隱喻

倘若向日葵高懸如太陽

林佑霖（中文一A）

在最靠近未來的地方
孕育太陽的種子
種殼黑白分明
一如公理與正義
我們用醇美葡萄酒
灌溉，萌發的芽
沾染殷紅

生命的歧路無限分岔
浮空的根該伸向何處？
過於清澈的空氣

無處著根，飽含奇異光彩
虹色土壤難以接近
在折射扭曲來回蜿蜒中
不讓淚水灼傷希望
那答案
在不遠方

幼嫩的綠依脈絡延伸
水滴狀，亦或是
十字狀滿溢
晴朗的葉左右搖曳
預告，預告下一個季節
來臨（當日頭爬上山）

假如我們的天空滿布傷憂
遮掩了過多的光

迷途

和延展的輝芒
我會等待花開
我會等待你發現花開
倘若向日葵高懸如太陽

PART 04 ／新詩

迷途

迷途

迷途

迷途

國家圖書館出版品預行編目(CIP)資料

迷途 / 林偉淑主編. -- 一版. -- 新北市 : 淡大出版中心, 2014.12
面 ; 公分. -- (淡江書系;TB011)(五虎崗文學 ; 2)

ISBN 978-986-5982-73-7(平裝)

830.86　　　　103024832

淡江書系 TB011　　五虎崗文學II

迷途

主　　編　林偉淑

發 行 人　張家宜
社　　長　林信成
總 編 輯　吳秋霞
執行編輯　張瑜倫
內文排版　方舟軟體設計有限公司
封面設計　斐類設計工作室
印 刷 廠　建發印刷有限公司

出 版 者　淡江大學出版中心
地址：新北市淡水鎮英專路151號
電話：02-86318661/傳真：02-86318660

出版日期　2015年1月 一版一刷
I S B N　978-986-5982-73-7
定　　價　240元